長編小説

彼女がビキニを脱いだなら

沢里裕二

JN159822

目次

プロローグ　5
第一章　時間よ止まれ　14
第二章　揺れて湘南　51
第三章　渚のシンドバッド　98
第四章　め組の女《ひと》　133
第五章　何も言えなくて夏　172
第六章　夏の終わりのハーモニー　219

※この作品は竹書房文庫のために
書き下ろされたものです。

プロローグ

今朝も、彼女は電車に乗っていた。

吊り革に摑《つか》まりながら揺れ動くその可憐な女性の姿を眺め、北急食品《ほっきゅうしょくひん》営業部の石《いし》田《だ》夏彦《なつひこ》は胸を高鳴らせた。

東京の下町から都心に向かう地下鉄の中だ。

素性なんて、まったく知らない。ただ、通勤時によく見かけるというだけのことだ。

二十九歳の自分より、ほんの少し年下だろうか？

ちょっと憂《うれ》いのある感じの双眸《そうぼう》で、自分がこれまで付き合ってきたイケイケ系の女たちとは違う、穏やかで清潔な印象を受けた。

あんな感じの女性と一度は付き合ってみたいものだ。

二歳下ぐらいだと、ちょうど自分と釣り合うような気がする。夏彦は勝手な妄想をした。会うたびにそんなことを思ってしまうのだ。

彼女を見かけたのはこれで、今週だけで、もう二度目になる。

今朝の彼女は、麻の白シャツとベージュのワイドパンツ。それに黒革のトートバッグを肩から提《さ》げていた。楚々《そそ》としているが颯爽《さっそう》としても見える。

車窓に映る自分の顔を何気に眺めている。なんとなく物憂げだ。

どこに勤めているのだろうか？

知りえる情報は、いつも夏彦より先に乗車しているので、もっと千葉寄りのほうに住んでいるらしいことと、夏彦が日本橋で降車したあともそのまま乗っているので、おそらくだが、大手町か銀座へ通っているのではないだろうか、ということだ。

じっと見つめていてはストーカーと思われそうなので、夏彦は、いつものように、スマホでスポーツニュースを読みながら、チラ見を繰り返した。

それにしても、よく逢《あ》うな。しかも偶然だ。

夏彦は毎朝、同じ時刻に同じ車両に乗るわけではない。

アバウトに午前九時の出社時間に間に合えばいいという感じで乗っている。オフィス近くのカフェで朝食をとるために、早めの時間に乗ることもあれば、前日の深酒で寝坊してギリギリダッシュの日も多い。

前後五本ほどの発車時間の電車をデタラメに使っている。乗り込む車両も行き当たりばったりだ。

そういう性格なのだ。

それなのに、週に二回から三回、彼女と同じ車両に乗り合わせてしまう。

これってさ……。

よくある恋愛ドラマのように、とくに往年の月曜夜九時のドラマのように、この先、さらに偶然が重なり合って、自分たちは急接近し、恋に落ちていく。

……というストーリーが待っているのではないか？　などと思ってしまう。

声などかける勇気のない男の、哀《かな》しき妄想である。

あるわけねえっ。

もうひとりの自分がきっぱり言う。

あるわけなくて当然なのだ。

この先の展開なんかあり得ないから、逆に彼女をチラ見しながら、いろいろな妄想に浸れるということでもある。

妄想は自由だ。

頭の中で、どんなエッチなことを考えようと、警察は手錠を掛けられないし、裁判所も有罪は下せない。

見通しているのは神のみだ。

彼女の存在に初めて気づいたのは、三カ月前のことだ。桜の季節だというのに花冷えの日が続き、彼女はオーバーコートを着ていたのを今でもはっきり覚えている。黒のシックなコートだ。あの日、一目見て素敵な女性だと思った。

その後、季節が巡り、彼女は、コートを脱ぎ、スーツ姿で乗車していることが多くなった。日本橋や丸の内でよく見かけるＯＬの定番スーツである黒かグレーのスカートスーツ。

そして梅雨明けと共に、ついに彼女はスーツの上着を着用しなくなった。

ほとんどが白のブラウスだ。

ときどきブラウスの背中からブラジャーが透けて見える。白ブラウスの下は、白ブラジャー。恋する男はそんな透け具合を見ただけでも心が躍る。

白はいい。

元カノの淳子《じゅんこ》は、白シャツの下に黒や紫のブラをつけていたので、なんともアンバランスな印象だった。

もっとも淳子は「女はブラウスを脱いでからが勝負」という考えの持ち主だったので、それはそれで理解が出来た。

恋人としては、どうかという問題だけが、付き合っていた二年間ずっと燻《くすぶ》っていたが、実際、ブラウスを脱いでからは凄かった。

いきなり、どきゅん、ばきゅん、ずこんっ、ばこんっ、という感じだ。

いや、拙《つたな》い表現だが、そういう印象だったということだ。

目の前の彼女は、もっとしっとりとしたエッチをするんだろうな。

ひどく恥ずかしそうに、ベッドの上で縮こまっている印象だ。

妄想が浮かぶ。

きっとバストはおわん型で乳首の色はサクランボ色。乳暈《にゆううん》は小さい。触ってもすぐにぶつぶつと泡立ったりしない。陰毛は、絶対に剃《そ》っている。クリトリスは小さい。

割れ目に鼻をくっつけても石鹸の匂いしかしない。

楽しい妄想は、無限に広がっていく。

(あぁ、せめてビキニ姿でも拝みたいものだ)

電車は進み、日本橋まであと一駅となった。

その駅で、新たに乗車してきた客に押されに押された夏彦は、偶然にも彼女の真横に、送り込まれた。

うぉおっ！

甘いリンスの匂いが漂ってくる。これチャンスっすか？

けれど、朝の満員電車で「あの、お茶でも」はない。

じれったさに歯噛《はが》みするばかりだ。

彼女はつり革を摑んだまま、正面の車窓を見つめている。夏彦も車窓を見た。自分の間抜けな顔が映る。

ふと彼女の視線が車窓に映る夏彦の顔に向いた。窓ガラスに映る者同士の視線があう。間接直視という微妙な対面の仕方になった。

どきっ。

息が詰まりそうになった夏彦は、思わず目を逸《そ》らした。

視線を下に向ける。目の前に座る中年サラリーマンが欠伸《あくび》をした。口の中が見える。

おっさんの喉ちんこなんか見たくねぇ。夏彦は顔を横に向けた。

わぉ～。

彼女のワイドパンツの脇ファスナーが開いていたのだ。十センチほどぱっくり開いている。わわわっ。腰骨から太腿《ふともも》にかけて丸見えになっている！

えらいこった。完全に目が釘付けになった。

「次は、日本橋ぃ。日本橋ぃ。左の扉が開きます」

アナウンスが聞こえてきたが、夏彦の耳には入らなかった。

彼女のパンティの脇が丸見えになっている。

妄想通り白いパンティだ。ストリングも太い。元カノの淳子のような紐パンではない。こんな普通のパンティのほうがリアルでそそられる。

パンティだけではなく、太腿の一部も覗けていた。美白色の腿だ。筋肉の張り具合がリアルだ。

ずっとここにいたい。

「日本橋ぃ、日本橋ぃ」

窓外が急に明るくなって、日本橋駅のホームが見えてくる。電車が速度を落とし始めた。

彼女が、はっと息を飲む音がする。

ファスナーが開いていることに気が付いたようだ。間近で「いやっ」という言葉を飲み込んだような気配を感じた。

彼女の細く可憐な指が伸びてきて、ビシッとファスナーを上げる。夏彦は夢から醒《さ》めたように、視線を上げた。

瞬間、彼女と目が合った。

今度は間接ではなく、リアルに視線が絡み合う。

「この変態っ」

とは言われなかったが、それは恐ろしく冷たい視線だった。怒っているというよりも、呆れている瞳だ。

「いや、見ていませんっ」

と言うのもどうかと思うし、笑ってごまかすのは、なにかおっさん臭いし、かといって「ファスナー開いていましたね」と、あっけらかんと指摘するのも、ちょっと違う気がした。思案しているうちに日本橋に到着してしまい、夏彦はそそくさと乗降口へと向かってしまった。

扉は閉まり、彼女を乗せた電車は大手町の方向へと滑り出していく。

心臓がまだドキドキしている。

最悪の対応だった。すくなくとも言葉は掛けるべきであった。

これでは今後、彼女を車内で見かけても、眺めることさえ憚《はばか》られてしまう。物語は悪いほうの偶然へと転がってしまったのだ。

改札へ向かいながら、ため息を吐《つ》いた。

「……」

だが、こればかりは反省してもしょうがない。ツイてない、というだけだ。楽観主義で行こう！

このところ、仕事の成果も上がっていない。天は、「女にかまけず仕事をせよ！」と命じているのだ。そう思え、と自分に言い聞かせる。

七月の受注が足りていない。

仕事だっ。

改札口を出て、いま見た白いパンツの残像を振り解《ほど》こうと、二段飛びに階段を駆け上がった。脳を振れば煩悩《ぼんのう》も飛ぶのではないか。

地上に出た。中央通り日本橋二丁目の交差点だ。青空を仰《あお》ぎ見る。真夏の太陽が日本橋のオフィス街を照り付けていた。

この界隈は銀座と同じで超高層ビルが少ない。そのぶん都心にあっても空が広く見える。自分の会社の入るビルの上を見上げると、白い雲が流れていた。

電車の中で出会った彼女の真っ白い下着の様子が蘇《よみがえ》る。白いパンティのストリングスだ。

だめだ。当分、あの下着が網膜から消えそうにない。

第一章　時間よ止まれ

1

金曜日の午後八時四十五分すぎ。

やったぜ、ベイビーと、夏彦は親指を立てながら、帰社すると同時に急いでパソコンのスイッチをオンにした。

すでにオフィスには誰もいない。

この時間で、営業部員全員退社しているなど、三年前には考えられなかったことだ。

午後十時過ぎまでは、オフィスは煌々《こうこう》としており、常時二十人ほどの部員が残業していたものだ。

卸し先の小売店は午後十時まで営業しているのが当然だし、海外の仕入れ先は、日本時間の午後十時が、相手国の午前十時だったりするので、それが当たり前の光景だった。

　さらに締め日が近づくと、数字を達成させるための奮闘は、終電ぎりぎりまで続いたものだ。夏彦はそんな先輩たちの姿を見て育った。

ところが三年前、いきなり午後九時過ぎの社内業務は原則禁止となった。

経営陣が「働き方改革」という現政権の目玉政策を取り入れたのだ。

午後六時退社が推奨され、七時以降も仕事をしている社員は、能力が低いと判断されるようになった。

　かつてと逆《さか》さまの査定だ。

あげくオフィスは、午後九時には全面的に消灯となり。それ以降は、オフィスから出ろ、ということになった。

　ちょっと行き過ぎではないだろうか？

　営業とは、相手があっての仕事である。自己完結できる管理畑とは根本的に異なる。そして、夏彦は、自己に課した目標のために数字を追っている。それが好きなのだ。けっして課長から強制されてやっているのではない。

　好きで働いている社員の仕事時間まで奪わないで欲しいものだ。

あと十五分で消灯かよ。

夏彦は焦りながら、パソコンを操作した。カリフォルニアワインの輸入元、静岡の秋山《あきやま》酒造へ発注メールを打たねばならない。

夏彦が勤める北急食品は、社名に食品とあるが製造業ではない。食品メーカーと小売店を繋《つな》ぐ仲介業。いわば食品専門の中規模商社と言ったほうが早い。

巨大企業群『北急グループ』の一員である。

そのため、社風はどこかお役所的だ。グループ間取引で、ある程度売り上げが達成できてしまうからである。

七井《なない》物産や松菱《まつびし》商事の食品部門の十分の一の売り上げもないくせに、北急ブランドの知名度の高さだけで、同格だと勘違いしている社員も大勢いる。

七井、松菱の旧財閥系からは、成り上がり集団と呼ばれているにもかかわらずだ。

パソコンが立ち上がった。

秋山酒造の発注フォームを引き出す。

夕刻、ご機嫌伺い程度のつもりで回った横浜の独立系スーパーから思わぬ注文を受けた。

カリフォルニアワイン『モニカ』百本の受注だ。

この時期、これは大きい。

横浜駅東口近くに古くからあるスーパー『ハーバーライト』からのリクエストだ。ヨーロッパ産や南米産よりも、カリフォルニアワインを主力に置いてくれる希少店だった。

モニカは、秋山酒造と北急食品で、絶賛売り出し中のワインだ。

ターゲットは二十代の大学生とサラリーマン、ＯＬに絞り込んでいる。

ヨーロッパ産や南米産に比べてライトでカジュアルなイメージのあるカリフォルニアワインは、蘊蓄《うんちく》を語りたがる中高年のワイン通には、あまり人気がないからだ。

だが、ワインビギナーの二十代には徐々に浸透しつつあった。

二十代のビール離れが進む中、ワインは、一定の広がりを見せている。

急いで、発注をかけて、来週半ばには搬入してもらおう。

夏彦はたったひとりのオフィスで、音もたてずにキーボードを操作した。

電車の中で、タブレットからオーダーを出すことも考えたが、あいにく座れなかった。立ったままではやはりタップしにくい。

発注は社内のデスクトップから打ち込むほうが安心である。

それにしても急いで打ち込まなければならない。パソコンの電源が落ちることはないが、消灯されたのではかなわない。

夏彦は、まずビジネスレターを書き始めた。

静岡に店を構える秋山酒造の社長、秋山優太郎《ゆうたろう》の笑顔が目に浮かぶ。何度もカリフォルニアに足を運び、自らの舌で探し当てたモニカに賭けている爺さんだ。

「ううんっ、はふっ」

えっ?

どこからともなく女の甘い呻き声が聞こえてきた。

なんだ?

あたりを見回したが、人気はない。

「あっ、はふっ、うぅううん」

だがその声は、はっきり聞こえた。

夏彦は耳を澄ませた。

「ふはっ、あぁん、いくっ」

声と同時に。衣擦《きぬず》れのような音もする。時おり、ガタンゴトンという音もした。家具が動くような音だ。

どこからだ？

夏彦は窓際を見つめた。

部長席の真横にパーテーションで囲まれた打ち合わせ用のブースがある。四人程度で打ち合わせをするのにちょうどいいサイズのブースだ。

天井までは繋がっていないが一応三方パーテーションで仕切り、扉もついている。

もう一方は窓だ。

喘ぎ声は、その中から発せられているようだった。

夏彦はキーボードを打つ手を止め、そちらの方へと歩み寄った。

抜き足差し足である。

パーテーションに向かって「誰かいるんですかぁ？」と声を上げたいところだが、それは控える。

本当に誰かいたら、まずいっす。

部長と女子社員という組み合わせだったら最悪だ。双方ともに気まずい思いをするだけで、後々不利な立場に立つのは、部長よりも夏彦のほうに決まっている。

夏彦は、打ち合わせブースに接近した。

「くはぁ〜」

ギシギシと音がした。

おいおいおい。マジで、エッチこいているのかよ？

「はぁんっ、いくっ」

女の声が一段高くなった。

九時まであと十分もない。さっさと数字を打ち込んで、送信してしまいたいところだが、

「ぁあん、ひゃはっ、んんんっ」

この声を聞いて、後戻りすることも出来なかった。

とりあえずは、覗いてからだ。

夏彦は呼吸の音さえも漏らさないように、片手で口を押さえ、しずしずとパーテーションに近づいた。

「あぅっ、うひゃ、うわん、もうだめっ」

パーテーションとパーテーションを繋ぐわずかな隙間から中を覗き込む。五ミリほどの隙間だ。

「あふ、はんっ、んぐっ」

目を凝らすとグレンチェックのスカートスーツを着こんだ女の姿が見えた。軽いウ

エーブのかかった黒髪が揺れている。

ひょっとしてあれは専務秘書の西川亜希《にしかわあき》か？

彼女の相手を探した。

いない。ひとりだ。

夏彦はさらに目を凝らした。たった五ミリほどの隙間から入ってくる情報量は少ない。だが五感を働かせた。

「うぅうう。気持ちいいっ」

この声、そしてこの巨大なヒップ。男たちから秘書室のセクシーダイナマイトと呼ばれている西川亜希に間違いない。

上から下へ視線を落とした。やはり彼女ひとりしかいない。

これ、角《かど》マン？

専務秘書の西川亜希が、スカートスーツの股間を長方形のテーブルの角に押し付けて、カクカクと腰を振っているのだ。それも髪を振り乱して。

ひょっとしてじゃなくて、やっぱこれ正真正銘の角オナニーだろ。

「いやんっ、もう私ぐちゃぐちゃっ。ああ」

ひとりで口走りながら、腰を振る姿は、生々しかった。

股間に指を這わせ、ブリッジしながらするオナニーよりも、いま目の前で展開されている着衣の角マンのほうが、遥かにリアルだ。

男に見せるためのパフォーマンスではないことが、ありありとわかるからだ。

西川って、なんていやらしいことをしているんだよ。ここ、オフィスだぞ。

夏彦は固唾《かたず》を飲んだ。

女が股間をデスクの角に押し付けている光景というのは、実は時々目にしていた。衆目の中だというのに、机の角に、さりげなく秘部を押し付けながら電話やメールをしたりしている女が、よくいるのだ。

あれは偶然なのだろうか、それとも故意なのだろうか？

男同士で飲みながら、何度か議論したこともあるが、結論は出ていない。

「あぅうううう」

亜希の腰の振り方は、どんどん獰猛《どうもう》になっていった。夏彦の視線にはまったく気づいていないようだ。

口を押さえたまま、夏彦はガン見した。

わわわっ。

亜希はついには、左右の足を床から離し、脛《すね》裏をピーンと張った。よよよ。テーブルの角に全体重を乗せてしまっているではないか。

マメ、潰《つぶ》れないか？

いらぬ心配をする。

「んんんんんっ」

さらに甘い声が上がった。

いやいや、女性としては、マメが潰れる瞬間が一番気持ちいいのだろう。

男には計り知れない、女の角オナニーの奥深さを見る思いだ。

亜希は、その体勢で速いピッチでヒップを揺すりはじめた。テーブル相手に騎乗位でやっている。すげぇ。テーブルとやっちゃっている。

「うわぁ〜　昇《い》っちゃうっ」

そりゃ昇くだろうよ。角VS肉マメ。どうしたって角の勝ちだ。

「あぁぁぁぁぁあああ」

亜希は叫ぶなり、バタンとテーブルの上に上半身を突っ伏した。

二本の足が、宙に浮いたままなので、拡《ひろ》げた脚の奥から、太腿の付け根が覗けた。

パンストは穿いていない。

黒のパンティ股布が、まだテーブルの角にくっついたままだった。股布が、ヒクヒクと窪んだり盛り上がったりしている。

夏彦は急いで、後退した。

おぉ。

胸底《きょうてい》で驚きの声を上げた。

偶然にもダンスの「ムーンウォーク」になっている。高校生の頃に何度練習しても出来なかったムーンウォークが、このタイミングで出来るようになった。

偶然の産物だ。コツを覚えておきたい。

だけどフル勃起でのムーンウォーク。

誰にも自慢できねぇ。

自席に戻り、興奮したまま、発注書に数字を打ち込んだ。

胸の鼓動が速すぎて、指が震えていた。本当は、もっと丁寧に書きこむはずだったビジネスレターも簡単に仕上げ、切り上げることにした。

とにかく搬入は急いでくださいと、そこだけ強調した。

早く退出せねばならない。

理由は簡単だ。たったいまオナニーで自爆した亜希に、自分がここにいることを気づかせたくない。

ここで顔を合わせたら、気まずさが残るだけだ。

彼女は専務秘書。

夏彦たち若手の一般社員にとっては特殊な存在である。

秘書とは取締役たちと、日常的に行動を共にし、機密を共有している立場の社員だからだ。

ある意味、取締役と秘書は一心同体。

亜希の背後に、否が応でも、専務の存在が見え隠れする。

『秘書にだけは手を出すな』

営業部の先輩で、社内の女を食いまくっている鈴木《すずき》悠太《ゆうた》ですら、常にそう言っている。

『社内合コンにも秘書室の女だけは入れるなよ。俺たちの状況が、取締役たちに筒抜けになるだけだから』

そうも言われていた。同感である。オナニーを覗いたことが、強姦されそうになったと伝わらないとは限らないのだ。

発注は終わった。

もうすぐ守衛が各階を回って消灯してしまう。九時一分前だ。その前に、静かにここを出ることだ。

夏彦は鞄を持った。

たったいまコツを摑んだムーンウォークで、営業部の出入り口へと後退する。勃起したままだ。俺はバカか？

「んんんっ、はぅ、あっ」

ダンスのムーンウォークは、いわば後退《あとずさ》りなので、声は正面から聞こえる。

嘘。また、あの女、角マンやるの？

夏彦の足が止まった。

「あぁあ、んんんっ」

先ほどよりもボリュームは低いが、ふたたび、発情しているのは間違いない。こうなると、もう後退は難しい。

やっぱ覗きたい。

夏彦は床に這いつくばった。匍匐《ほふく》前進で、窓際にある打ち合わせブースへと進む。どうしてこんな無駄な努力が出来るのか、自分にもわからない。

この根性、仕事にはいかせないものか？

いかせない。

仕事とスケベ心は別次元にある。

（わっ）

進む途中で、いきなり天井の蛍光灯が一斉に消えた。

おそらく守衛が回ってきて、誰の姿も見えなかったので、スイッチを切ったのだろう。這っているところを見られるよりも良かったかもしれない。

全館、消灯だ。

一転して窓の外の方が明るくなった。

すぐ目の前にあるライトアップされた老舗《しにせ》百貨店の景観が、夜空にくっきりと、映《は》えていた。

2

暗闇の中を這い、部長席の横にある打ち合わせブースにたどり着く。

先ほどと違って、隙間からでは中の様子がわからない。

夏彦は、扉に回った。

「んんんっ。もっとたくさん昇きたい」

亜希の声は先ほどよりも甲高《かんだか》くなっている。

床に這ったまま手を伸ばし、扉のノブを回した。

人質奪還の任務を帯びた特殊部隊の気分だ。

こちら側にわずかに引く。

ギイと蝶《ちょう》番《つがい》の鳴る音がした。心臓が張り裂けそうになった。

すぐに手を降ろす。扉は薄く開いたままだ。怖くて覗き込めない。亜希の声の調子を推《お》し量《はか》る。

「あうっ、はっ、んんんっ」

大丈夫だ。気が付かれていないようだ。

喘ぎ声に混じって、テーブルの脚が動く音がした。ガタン、ゴトン。

テーブルも張り切っているようだ。頑張れ、角。

だが亜希はどちらかと言えば大柄な体躯だ。テーブルを壊してしまわないだろうか？

余計なお世話もいいところだ。

十秒ほど聞き耳を立てていると、

「あっ、あっ、くぅうう」

切羽詰まった声になった。いよいよ二度目の極点に昇りつめつつあるようだ。

覗くなら、いまだ。

夏彦は、床に這ったまま、扉の縁《ふち》から、そろりと顔の上半分だけを出す。

五センチほど開いた扉の隙間から、見上げる格好になった。

わっ。

思わず息を飲んだ。

一瞬、亜希が空中を飛んでいるように見えたからだ。

それもスカートを臍《へそ》のあたりまでたくし上げ、両脚を大きく拡げて飛んでいるのだ。

目を擦って凝視した。

黒パンティに包まれた股間が、ぐっさりテーブルの角に突き刺さっている。

これでは亜希がヒップを揺するたびに、ギシギシとテーブルが軋《きし》み音を立てるのは当然だ。

負けるなっ　テーブル！

夏彦は、そろりそろりと腰を上げた。今度は見下ろすアングルになった。

ややや、やっ。

亜希は窓際に顔を向けていた。テーブルに上半身を乗せたまま、四肢はぶらぶらさせている。

ジャケットは床に脱ぎ捨てられていた。

ブラウスのボタンを全部外し、ブラジャーを上にずり上げ、生乳を片手で揉みながら、股をテーブルの角に擦り立てている。

凄いオナニーだ。本当に、凄いオナニーだ。夏彦の五臓六腑《ごぞうろっぷ》が揺さぶられた。

「いやっ、誰ですかっ」

前を向いていたはずの亜希が突然、跳ね起きた。

「あっ」

夏彦は、声を上げた。

夜の闇と室内を仕切るガラス窓に、扉から覗く夏彦の顔が、鮮やかに映っていたのだ。しらばっくれようがないほど、ハッキリと見えている。

「石田さん、いやらしい目で、見ないでくださいっ」

亜希が、慌ててブラウスを掻《か》き抱く。足も着地させた。

「妙な声がするから、何ごとかと思って、扉を開けただけだ。いやらしい気持ちになんかなっていないっ」

抗弁した。

「いつから、覗いていたんですか」

亜希の声は掠《かす》れていた。

「たったいまだよ」

「嘘ですねっ。その状態、いきなりは、そうならないと思います」

亜希が、夏彦の股間を指さした。完璧にテントを張っている。アウトだ。逃げ切れないと思った。

こうなれば、開き直るしかない。

「っていうかさ、そんないやらしい格好で、指さされても説得力ないだろ」

夏彦も、亜希のバストや股間を指さしながら、ぶっきらぼうに言った。

ここは日本のど真ん中、日本橋。

夜更けのオフィスで、勃起したサラリーマンと割れ目にパンティを食い込ませた専務秘書が、互いの股を指さしたまま対峙した。

剣豪同士の睨《にら》み合いのような状態が十秒ほど続く。

「扉閉めてくださいよ」

先に折れたのは、亜希だった。

「ほう」

「詳しくは、話せませんが、深い事情があるんです」

「まぁ、身づくろいしてからにしろよ」

夏彦は扉を閉め、後退した。

「そうじゃなくて、中に入って扉を閉めてください」

ふたりを隔てた扉越しに亜希が言ってきた。

「なんでだよ」

「このまま無視されても困ります」

「それはそっちの理屈だ。見なかったことにするから心配するなよ。これでも俺は、口が堅い」

夏彦は突き放した。本音を言えば、ヤバイことになったと思ったのは夏彦の方だからである。

人気のないオフィスで半裸の女。その前に立つ勃起した男。これはどう見ても分が悪い。早くこの場を立ち去りたい。

「堅いのは口だけじゃないでしょう。とにかく中に入ってください」

三つ下の後輩のくせに、亜希がきつい口調で言う。

「ブラウスのボタン締めて、スカートの裾《すそ》を戻したらな」

「いますぐ、中に入って来てくれないと、この格好のまま大声あげて、非常ベルを押しますよ」

「ま、待てよ」

ブースの中の壁には確かに非常ベルがある。しょうがないので、夏彦は扉を開けて、打ち合わせブースに入った。そして扉を閉じる。

「もう一度聞きます。どれぐらい前から見ていたんですか？」

亜希は、胸を掻き合わせたままこちらを向いている。スカートは捲《めく》れ上がったままだった。

「だから、五秒前からだよ。っていうか、早くボタンを留めて、スカートの裾も直してくれよ。目のやり場に困る」

「ずっとガン見していたくせに、よく言いますよ。石田さん、私、いま何していました？」

亜希の顔は真っ赤だ。唇を舐めながら言っている。

だが、それは、答えづらい。

ストレートに「おまえ、角マンしてたろっ」とは言えない。もし逆の立場だったら、「懸命に手を動かしていましたね」とは言われたくない。

「暗くて、全然見えなかった」

大人の答え方をした。すると眦《まなじり》を吊り上げた亜希が、歩み寄ってきた。夏彦の股間に手を伸ばしてくる。パンパンに肉が張りつめた亀頭部分を撫でられた。あうぅ。

「ですから何も見えてなくて、これはないでしょう」

首を振る。礼儀だ。セックスは見ても、本気のオナニーは見てはならない。

「着替えているとは、知らなかった。スカートの前がせりあがって、ブラウスの前が開《はだ》けていたんで、つい発情してしまった。しょうがないだろう。俺だって男なんだから」

と言うことにした。

とにかく、この状態から早く解放されたい。なにせ亀頭を撫でられたままなのだ。

「嘘ですね。ここビクンビクンしています」

ズボンの上からとはいえ、裏筋を撫でてきた。

「おまえの指は嘘発見器かよ。ここを撫でられて、ビクンビクンしない男はいないだろうが」

疼《うず》いてどうしようもなくなってきた。

いますぐ亜希を抱きしめて、パンティの中に指を突っ込ませたい衝動と必死に戦った。

「私、発情していたんですよ。それをどうしても鎮《しず》めておかないと、大変な過《あやま》ちを犯してしまいそうだったので」

　いきなり抱きつかれた。メロンのようなバストが、夏彦の胸板に押し付けられる。ブラジャーの中に戻してしまっているとはいえ、その弾力は充分に伝わってきた。

「いやいや、俺には事情がまったくわからないよ。こんなことをされたら、こっちが過ちを犯しそうだ」

　なんとかそのナイスバディを押し返そうとしたが、亜希は離れてはくれなかった。むしろバストをさらに、むぎゅむぎゅと押し付けてくる。手つきはさらにいやらしくなって、亀頭ばかりを撫でまわしている。

「おわわっ」

　夏彦は、尻をもぞもぞと揺らした。

　理性のタガが吹っ飛びそうだ。

「どうせ過ちを犯すなら、石田さんのほうがいいかな。それと……」

　そこで、一気にズボンのファスナーを引き下ろされた。えぇえぇえぇ～。

「そ、それと、なんだよ？」

ズボンの前から飛び出した欲棒を、がっつり握られながら聞く。

「口封じ」

「だから、見てないってば」

「いいえ。ずっと、窓ガラスに石田さんの顔とか目とか映っていました。灯りが消える前から、そこの隙間から覗いてたでしょう」

亜希が、パーテーションの隙間を指さした。

「知っていて、なんで、その時、言わないんだよ」

逆ギレしてやる。

「気持ちいい真っ最中に、擦るのは止められないですよ。女はオシッコだって、途中で切り上げられないんですよっ。ましてや、昇り坂途中のオナニーなんて、止めようがないじゃないですかっ。しかも私が果てた瞬間に席に戻ったでしょっ」

「悪いと思ったんだよ」

「あれで、逃げられたら、会社中に『角マン秘書』って言いふらされると思いました」

「おまえ、だから、またオナニーやり始めたのか？　俺を引き戻させようと」

「当然です。このままではすまされません」

目が据わっている。

「だから言いふらしたりしないよ」

「信用できません。しばらくは黙っていても、十年後には言うかもしれません。『昔、角マンする秘書がいたんだぜ』って、その頃の部下にとか……」

「おまえ、なんか凄く執念深そうだな」

亜希は、それには答えず。もっとすごいことを言った。

「石田さん、ここでオナニーにして見せてください。窓に向かってやってください」

「えぇぇ〜。なんでだよぉ」

「だって私のひとりエッチ見ちゃったんですから、見せるのがマナーでしょうよ」

無茶ぶりだ。手筒を上げ下げしながら言っている。

「いやぁ、まじ抜きは無理だろう。パフォーマンスなら出来るけど」

本音で答えた。

「……ですよね。あれは、見られていないから、自己陶酔に入れるものですからね。じゃぁ、私が手でしごきます。飛ばしてください」

切なそうに声を張り上げ、身体ごと擦り付けてくる。亜希の身体は火照《ほて》っている。セクシーで奔放な印象の亜希が、なんともいじらしく思えた。

「もう擦っているじゃん」

夏彦の理性がぶっ飛んだ。

握られたまま、亜希のパンティクロッチに手を伸ばし、脇から指を滑り込ませた。熱い葛湯《くずゆ》に触れたような感触だった。

3

亜希と立ったままで、互いの淫所《いんしょ》をいじり合うことになった。亜希の黒いパンティは右側の太腿に引っ掛かったままの状態だ。

夏彦はズボンを穿いたまま飛び出した肉槍《にくやり》をしごかれていた。

狭い打ち合わせブースの中に、柑橘《かんきつ》系の香水と甘い発情臭が混じりあった独特な匂いが、どっと充満しだす。

パーテーション一枚を隔てた向こう側には、スチール製のデスクが並ぶオフィス空間が広がっているはずなのに、どうにもこうにもこのブースの中だけは、まるでラブホテルのような淫らな空気に支配されてしまっている。

引き下がりようがなかった。

窓の下に広がる夜の日本橋の光景も、ひどく現実離れして見えてくる。

「こんなに硬いのに、なかなか出ませんね……」

手筒を上下させながらも、亜希がもじもじとヒップを揺すりながら言う。淫壺に、夏彦の人差し指と中指がずっぽり嵌《は》まっていた。

ぶしゅっ、ぶしゅっ、とピストンさせた。押すたびにシリンダーの原理で、白蜜液が溢れ出てくる。

「ああぁんっ。そんなに速く動かさないで。私が集中出来なくなる」

「せっかくだから、すぐに放出したくないんだ。西川とこんなこと出来るのも、今夜だけだろうからな」

出したくて、出したくて、もう、どうしようもないのに、この瞬間が一秒でも長く続けばいいと思うのは男の本能だ。放出させない限り、自分も亜希の淫壺をいじりまわしていられるのだから。

「なんか高校時代に図書室の書架の間で、男子とペッティングしていたのを思い出します。あの頃、その男子も出すのを必死に我慢して、わたしのまんちょを懸命にいじりまわしていました」

「どんな高校だったんだよ」

「進学校です。勉強の合間に、こそこそオナニーしたりペッティングしたりしていました。でも、ちんちんの挿入は絶対しなかったんです」

「棹《さお》をいれなきゃいいってもんじゃないだろう」

ペッティングという言葉に妙にそそられて、ついつい指の動きが速くなった。

ずちゅ、ずちゅ、ずちゅ、とスナップを利かせて出し入れさせる。

ヌルヌルとした肉壺の壁が指にしがみつくように狭まってきた。いやらしい圧迫感だ。

「あぁあああっ、これじゃ私が、先に昇っちゃいます」

秘穴から溢れ出した白蜜液の色が、どんどん濃くなり、左右の内腿に付着していく。

それは、まるで白い糊《のり》がべっとり付着しているように見えた。

「昇っちゃいないよ」

「だめですっ。石田さんが早く射精しないと、私、いれたくなっちゃいますからっ」

亜希が切なげな声を上げた。

そりゃ、昇かせたいっ。

夏彦は、中指と人差し指で抽送《ちゆうそう》しながら、親指をそろりと伸ばした。探していたものは、すぐに見つかった。オナニー癖がついているらしく巨粒だった。

「えっ、クリはダメですっ。ダメダメダメですっ」

亜希が太棹を握ったまま、暴れだした。

かまわず、グイッと圧《お》す。親指の腹に、ぐしゃりとマメが潰れる感触があった。そのままクリームを擦り込むように、親指を圧したまま回転させる。

「あぁああああああっ。イク、イク、イクッ」

全身を痙攣《けいれん》させたまま、亜希が抱きついてくる。インフルエンザにでもかかったかのような熱い体温が、本当に昇天したことを物語っている。

そのまま抱きしめてやった。しばらくの間、亜希はアクメの余韻で身体を震わせていた。

「石田さん、最低です。あの圧し方、まるで高校生です」

ようやく落ち着きを取り戻した亜希がボソッと言った。

「すまん。つい夢中になった」

「まだ、勃起していますね」

人差し指で亀頭の上をツンツンしながら、そう言ってくる。

「抜けてないからな。芯が張ったままだ」

「私、もう手を動かす気力もないので、いれちゃってください」

亜希が窓に両手をついて、ヒップをツンと突き上げた。尻のカーブの底で菱形《ひしがた》の裂け目が濡れ光っていた。

「面倒くさいから入れるって、西川のほうが最低じゃないか」

そう言ったものの、すでにズボンとトランクスを下ろし、肉の尖《とが》りを秘裂にあてがっている自分がいる。

「挿《さ》し込みたくないんですか？」

「挿し込みたいに決まっているだろう。だけど本当に、いいのかよ？　ゴムなんか持ってないぞ」

あまりにも現実離れした展開に、やはり確認せずにはいられなかった。

「角マン見られたんだから、やっちゃった関係になるしかないじゃないですかっ。友達以上の関係です。もしも私のオナニー見たって言いふらしたら、私も言いますよ。営業部の石田夏彦のアソコって、鰓《えら》が凄く張っているとか、黒くて太いとか。でも、長さは普通とか」

全部覚え込まれたようだ。

「わかった」

グッと肉の尖りを挿し込んだ。

むりむりと狭い肉路を押し込んでいく。ぬるぬるの膣層が、キューッと窄《すぼ》まった。

「あんっ。繋がりましたね。んんんん。握っていた時よりも、ずっと太く感じる」

鰓が襞《ひだ》を擦り立て始めた。

「そりゃ、西川のここが狭いからだ。きつくて気持ちいい」

「ほんとですか？　ちょっと嬉しいです」

亜希が自分からも積極的に尻を動かし始めた。ぬちゃぬちゃと肉擦れの音が鳴り響いた。

「角マン、見られたのが、そんなに恥ずかしいのか？」

それとなく聞いた。聞きながら、バストに手を回し、巨乳を揉む。手のひらの中心に尖った乳首が当たった。こりっこりっ、だ。

「エッチしているところを見られるよりかっこ悪いですよ。付き合っている人と、オナニーの見せっこもしますが、それはパフォーマンスなんです。自分がＡＶ女優になった気分でやるって感じですね。でも、さっきの角マンは、リアルです。あれ見られたら、もう、やっちゃうしかないでしょう」

ずんちゅ、ずんちゅ。

と、亜希の言葉を聞きながら、夏彦は一定のリズムで律動させる。速度を上げたいのはやまやまだが、そうするとすぐに噴きこぼしてしまいそうだ。

「どうしてオフィスで角マンを……」

言葉をかけて、間合いを取りながら、ピストンを続ける。

「無理やり何度も昇って、すっきりしておきたかったんです」

振り返った亜希が婀娜《あだ》っぽい表情で唇を突き出してきた。あらためて、亜希が秘書室のセクシーダイナマイトと称される女であることに気づかされる。

その女と肉を繋げているのだ。

夏彦は引き寄せるようにして、その唇に自分の唇を重ねた。

眼前に広がる、日本橋の夜景を眺めながら、舌を絡め合い、乳房を揉みしだき、繋げた肉を擦り合った。

「んぁあああぁ」

亜希が膣壺を締め付けてきた。亀頭が圧迫されて、いまにも破裂しそうだ。しゅるっ、と精汁の第一波が噴き上がった。何とかそこで堪《こら》える。

「出してください。思い切り出してください。私も、もう昇りつめそうです」

「よしっ」

夏彦は、キスを解き、ラストスパートに入った。しっかりと尻を抱き一気に腰を振り立てた。パンパンパンと怒濤《どとう》の連打を送り込んでいく。

出没運動を繰り返しながら、右手を伸ばし、クリトリスをねちねちと攻め立てた。果てるまでに、亜希の淫所を堪能したかった。

「はぁぁああああーあっ」

凄い勢いで膣壺が窄まった。

亀頭が、ぐぐっと潰される。尿道口が大きく開く。亀頭が淫爆した。一気に噴きこぼす。

「おぉおっと」

ここが限界だった。じゅっと第二波が飛ぶ。本格的な射精が始まると、もはや止めようがない。ビュンビュンと飛んでいく。

あ〜　最高の気分。

「西川君。そこにいるのか？　何をやっている？　もう出かける時間だぞ」

その時、突然、入り口の方で男の声がした。

「あれ、もう専務来ちゃった？」

亜希がライトアップされた老舗百貨店を見つめながら言う。

嘘だろ？　こっちは、射精の真っ最中だ。急に止めるわけにもいかないぞ。

「金岡《かなおか》専務かよ？」

金岡賢吾《けんご》。北急電鉄から天下《あまくだ》ってきた実力者だ。

「うん。これから松菱商事さんへの接待に同行することになっているんです」

亜希が膣壺を収縮させせながら言う。

「もしかして、西川と専務って不倫関係とか？」

冷や汗ではなく、精汁を、だらだらと流しながら確認した。淫爆の峠は越えていた。

女性には悪いが、峠を越えた後の射精は、放尿の感覚に近い。止まらない放尿。

亜希の膣層に、シュルシュルと流し続ける。

その間に、専務の足音がどんどん近づいてきた。

「そうじゃないけど、私、お酒飲んじゃうと、エロモードに入るタイプなんです。だから、酒席に出る前には、いつもガンガンにオナニーして、エロ抜きすることにしているんです」

「そういうのって、トイレとかで、すますんじゃないのかよ」

こんな時に何だが、一般論として訊《き》いた。

「女性トイレって、結構、音が漏れるんです」

「喘ぎ声が？」

「はい」

「そんなにみんなやるの？」

「やっています。男性社員の想像する以上に、ＯＬのトイレオナニー率は高いです」

「そうなんだ」

取り留めのない話をしながら、とめどなく射精をつづけた。

「トイレ以外では、たとえ会議室とかでも、スカートを捲って、直接、指を這わすのって難しいじゃないですか」

それはそうだ。

「だから、テーブルの角で？」

「はい、そういう女子、意外と多いんですよ」

身もふたもない話だが、納得できる。そう言っている間に足音が、どんどん近づいて来た。カツカツカツカツ。

「まずいな」

「まずいですね。でも今、抜けませんよね」

「抜いたら、そこら中に、撒《ま》いてしまうぞ」

「拭いている時間もありません。覚悟を決めて天運に任せましょう」

亜希が言った。いざとなると女のほうが肝《きも》が据わるようだ。

夏彦は、ビビリながら射精を続けた。こんな時に限って長い。ビビリ小便ならぬ、ビビリ射精だ。

専務、頼むから、この打ち合わせブースは開けずに過ぎ去ってくれ。

ひたすらそう願った。亜希も声を潜めているが、膣層だけはヒクつかせていた。

スリル満点過ぎて、勃起も止まない。だが、禍福はあざなえる縄のごとしだ。

バタンと、打ち合わせブースの扉が開いた。

あぁあああああ〜。

胸底では絶叫したが、実際声にならなかった。

驚愕の極みにある時、人は声が出ない。

夏彦は、バックから亜希の秘孔に巨根をぐっさり刺したまま、あんぐりと口を開けたまま、振り返った。

「に、西川君っ。なんて格好……」

専務の方も、見てはならぬものを見たという感じで、目を剝《む》いている。予期していなかった分、専務のほうが驚いたようだ。

亜希が嫣然《えんぜん》と振り返り、

「私たち、結婚するんですっ」

突如、そうのたまった。

へっ？

「だから、専務、見なかったことにしてくださいっ。これは婚約者同士の、神聖な営みです」

凄《すげ》ぇ理屈だ。

「いや、しかし……ここはオフィスだぞ」

金岡が顔を顰《しか》めている。

「どこも汚していませんっ。彼、漏らしていませんから。全部、私の中ですっ」

亜希が毅然《きぜん》と言い返した。

政治家の答弁のような問題のすり替えだ。

「まもなく正式に婚約を発表します。それまで、どうか内密に。すぐに出ます。もうちょっとです」

あ〜、本当に、あともうちょっとで出し終える。

「とりあえず、早く終わってくれたまえ。ここは会社なんだから。そういうことはどちらかの家とかホテルでやってくれないと」

亜希の勢いに気圧《けお》されて金岡は扉を閉めた。

亜希が、割れ目に太い棹を受け入れたまま、言う。

「これで、一年間だけ乗り切りましょう。専務は後一年で電鉄に戻ります。その間に、私がなんとか口封じの手を考えます。それまでは婚約者ということにしましょう。おおっぴらにホテルにも出入りできます」

「今後も、俺とやるってことか？」

「オナニーしたいときに連絡します。関係を続けた方が、お互い裏切らないと思います。これ共通の機密事項ですから」

亜希がすべて仕切っていた。

「しょうがねぇな。偽装婚約だ」

「まだ出ますか？」

「もうちょっとだ」

「婚約者なんだから、ゆっくりどうぞ」

なんだか、精汁と一緒に、魂《たましい》まで抜けていくようだった。

第二章　揺れて湘南

1

土日は平穏に過ぎた。だが、月曜に出社すると、やはりすぐに課長の湯田淳一《ゆだじゅんいち》に呼び出された。部長席の横の打ち合わせブースに入る。

午前中の明るい陽が差し込んだ打ち合わせブースは、金曜の夜のことなどなかったように清々《すがすが》しい。

「秘書室の西川君と婚約しているんだって？」

「えっ、はいっ」

全然内密になってないじゃないか。

「いや、人事でもきつく箝口令《かんこうれい》を敷いているから、きみたちが発表しない限り、漏れることはない。俺も厳命されている。だがな、石田。こういうことはまず、俺に言って欲しかったな」

湯田が腕を組んで、顔を顰めた。

言うも言わないも、金曜日の夜まで、まったくそんなことはありえなかったのだ。

「申し訳ありません。彼女の都合もあったものですから」

夏彦は、深々と頭を下げるしかなかった。なぜそうなったかは口が裂けても言えない。

「専務秘書だからな、石田としても言いにくかったのはわかる。いろいろ専務の情報も聞いてしまっているんだろうな。さすがだよ。俺にはそんな気配を全く見せなかった」

湯田がプイと横を向いた。

「専務の情報なんて全く知りませんよ」

夏彦は抗弁した。

「わかった、わかった。それを認めるわけにはいかんからな。専務だけが知っていたんだから、それでいいんだ」

話は、どうやら超面倒くさい方向に進んでいる。

「で、九月の定例異動で、市場開発部に移ってもらう。西川君との婚約はその後に発表するのがいいだろう」

外の景色を見たまま、唐突に湯田が言った。

「えっ？」

突然、頭の中が真っ白になった。

「変に取るなよ。人事上の配慮だ。彼女も当面は仕事を続けるそうだな」

湯田が視線を夏彦に戻してきた。

「いやっ、あっ、はいっ」

呆然自失となった。北急食品における最大の花形部門は営業部である。食品メーカーであれば宣伝部も花形セクションであるが、輸入食品の仲介が多い商社的な立場の北急食品では、派手な宣伝を打つということはない。

したがって、数字を作り上げる営業部が最大の花形となる。

この部門で実績を上げることが、将来的に社内政治の実力者となれるのだ。それに比して市場開発部は、地味なセクションである。

営業部と競合しない新たな販路を見つけ出す開発部門だが、裏では人質部門と呼ばれている。

大手流通会社や食品メーカーのオーナーや政治家の子息を、一時的に預かるために設けられた部署である。

つまり、それらの子弟の世間体用の就職先であり、数年で送り返すことで相手先と親密な関係を作り上げる。これで、市場が開発されるということだ。

俺が行って、何をしろと言うのだ。くらくらとなった。出世の道が閉ざされたようなものだ。

だが、左遷《させん》というわけではない。

金岡専務の管轄は、営業部だ。その秘書と結婚するということは、人事のセオリーとして、別部門に出されるのは止《や》むを得ない。会社の機密管理の問題だ。

金曜の夜は、あまりにも咄嗟《とっさ》のことだったので、そこまで頭が回らなかった。

「専務室も同じ六階だからな。夫婦が廊下で頻繁にすれ違うのも、当人たちも公私の区別がつきにくいだろうし、周りも気を遣《つか》うことになる」

湯田が説得するように言ってきた。当人たちよりも周囲の視線のほうが問題だというのがありありだ。

「もちろん、永遠ということではない。あくまでも、当初はそのほうがいいだろうということだ。配慮だよ。将来的には西川君のほうが事務職部門に異動することもあり得るだろう。今は共働きが当たり前の時代だから、人事課も最適化を心掛けている」

湯田は抜け目がなかった。

法的にパワハラにならないように手順を踏んで説明しているのだ。つまり今は専務秘書の西川亜希の役目のほうが重いので、夏彦を異動させるが、将来、妊娠などということがあれば、働きやすい環境に異動となる。そうすれば夏彦はまた営業部に戻れるということを暗示しているのだ。

しかしだ。

——俺たちの婚約話は、あくまでも偽装だ。

ぶちまけたい思いを必死でこらえ、夏彦はしぶしぶ、異動を受け入れた。『社内セックスを専務に目撃された男』と評判が立つよりはマシだからだ。そうなれば、出世どころか、社員としての現状を維持することすら困難になる。

社内風紀違反。

北急の体面上、懲戒免職は免れても、依願退職となるのは間違いない。

「何かと、便宜を図っていただき、ありがとうございます。転属先でも課長に育てられた者として、精一杯頑張ります」

夏彦は型通りの口上を述べて、ブースを出た。

なんてこった。

すぐに亜希の個人スマホへ電話を入れた。何度呼んでも出ない。代わりにメールがきた。

【おはよう、ダーリン。専務の目が気になるので、電話には出れません。プライベートな話はお昼休みにね】

完璧に、婚約者気取りだ。一発やっただけじぇねぇか！

【俺は、九月に市場開発部へ異動との内示を受けた。どうしてくれる！】

【落ち着いてダーリン。ほんの一年ぐらいの辛抱よ。私が専務をうまく抱き込むまで待って。せいぜい一年のことよ。来年になったら、婚約なんてなかったことにすればいいのよ。その時までに、専務がなにも口出しできないように工作しておくわ】

こいつ相当な悪女だ。

【そのダーリンっていうのはやめてくれ。偽装でもおかし過ぎる】

【そうね、夏彦。取りあえず、ランチでも食べながら相談しようよ。それとも食べるのやめて、エッチしようか？　屋上にいいポイントがあるの】

【しねぇよ！】

【こちら、濡れています】

頭がおかしくなりそうなので、いったん切り上げる。

そのとき、先輩の鈴木悠太が固定電話の受話器を持ちながら、

「おい、石田。横浜の『ハーバーライト』さんが怒鳴っているぞ。おまえ何本受注したんだ？」

と聞いてきた。

「百本ですけど」

「輸入元の秋山酒造から二千本直送されてきたと言っているぞ。配送業者と押し問答になっているそうだ」

「えっ？」

夏彦は慌ててパソコンの発注書をアップした。

「うわぁああ。一万本になっている！」

あの夜、亜希の喘ぎ声に、気を取られて指が震えていたのだ。ゼロがふたつ増えている。

「すぐに、秋山酒造に連絡をします」

「わかった。俺が配送業社に話して、ハーバーライトさんには、百本だけ降ろして、残りはとりあえず北急倉庫に運ばせる。秋山さんに九千九百本、戻していいかどうか

確認しろ」

「は、はいっ」

踏んだり蹴ったりとはこのことだ。

その五分後。

電話を切った夏彦は、とてもキャンセルできる状況ではないことを悟った。

なんと秋山酒造の社長は、金曜の夜に発注を受けた後、土日の間に、懸命に全国の小売店での在庫商品を掻き集め、まずは二千本を送付したとのことだった。

事態はそれだけではすまない。

秋山優太郎は、さらにはカリフォルニアのワイナリーから割高の航空便で取り寄せてくれていたのだ。

『サンタモニカのワイナリーからはすでに出荷されておりまして、さきほどロスアンジェルス空港から飛んだと』

秋山は声を震わせながら言った。すべては大口受注を取り付けてくれた北急食品に恥をかかせてならないと赤字覚悟の品集めだった。

急げと書いたのは夏彦である。

『これは、えらいことになりました。信用取引です。運賃込みでだいたい一千万円の商いです。ちょっとしんどすぎます。しかもこれ、うちの利益は五十万も見ていません』

戻せば、秋山酒造は大打撃だ。

スケベに溺れたばかりのミスだ。

もはや自分では、もうどうすることも出来ない。

夏彦は、恐る恐る課長の湯田に報告に行った。湯田の目が吊り上がった。部下の状況把握も出来ていないと上層部に冷ややかな目で見られたうえ、今度はミス発注だ。デスクを蹴飛ばしても怒りは鎮まらないであろう。

「うちは仲介業だ。しかも北急のブランドの上にその信用が成り立っている」

湯田が唇を震わせながら言った。

大企業群の一社である鷹揚《おうよう》さからと言えばそれまでだが、何よりもブランドイメージの棄損《きそん》を恐れるのが、北急の体質である。

官僚的民間企業と呼ばれるのはそのためである。

「秋山酒造さんには、予定通り支払うと伝えろ。ただ一パーセントでもいいから値引きに協力してもらえ」

「わかりました。交渉します」

長い付き合いだ。ほんの少しはまけてくれるだろう。ただしせいぜい十本分程度だ。航空便を使ったのだから、秋山酒造が赤字であるのは歴然だ。

それでも発注に応えるという秋山優太郎の商人《あきんど》としての矜持《きょうじ》からだった。

「石田。おまえも営業マンなら、残り九千九百本。売ってこいよ。ただし、既存の販売店への上乗せはなしだ。新規の客を掘り起こせ」

湯田の目が据わっている。無茶ぶりだが、それぐらい言わなければ気が済まないのだろう。

「期限は、八月末までだ。わかるな？」

異動前に、処理しろということだ。

「品物は、北急倉庫を一時的に借りる。鈴木に手配させる」

「わ、わかりました」

夏彦は、すぐに社を飛び出した。足を棒にしてでも、受注を取らねばならぬ。

2

ほっつき回って、受注が取れるくらいならば、とっくに出来ていることだ。今年最初の四半期締めの時期に百本のオーダーが取れただけでもラッキーだったのに、さらに九千九百本は、どうにかなるものではない。

しかも、季節は夏だ。ビールならわかる。発泡酒でもなんとかなる。だが、ワインはやはり秋から冬のイメージが強い。

昨日は、京浜東北線で新橋から横浜まで一駅ずつ降り、個人店のレストランを中心に、飛び込みセールスをした。

既存店以外を探し歩くのは、大変なことだった。しまいには、ワインに縁のなさそうなラーメン店にまで足を延ばしたが、それでも五十軒回って、話を聞いてくれた店はわずかに三軒だけだった。

本日は、横浜からさらに横須賀線で先に進み、鎌倉まで歩いた。

夏彦は、もともと神奈川エリアの担当で地理には詳しかったので、このエリアを選んだのだ。

フレンチやイタリアンの店、それにバーガーショップなどで一店舗当たり二十本を捌《さば》くことが出来れば、理論上は五百店舗を見つけ出せば、完売できる算段である。

だが、営業はそれほど単純ではない。無料なら誰でも持っていく。だが、下代が五百円となると、そうはいかない。ショップなら、上代は千円、レストランなら、千五百円で出せるモニカだが、個人店の客は、やはりヨーロッパワインを好む。

二十本どころか、たったの一本も引き取ってくれる店はなかった。それが現実である。

まいったなぁ。

気が付けば、若宮大路《わかみやおおじ》をとぼとぼと歩き、国道一三四号線の材木座の交差点まで出てきていた。

目の前に湘南の海が広がっていた。

潮《しお》の香りと、ビーチから賑やかな声がした。ついつられて、夏彦は一三四号線を渡り、ビーチへと向かった。材木座と由比《ゆい》ヶ浜《はま》の中間だ。

夏休みの始まるベストシーズンに向けて、あちこちに海の家、いや正確に言えば企業のアンテナショップの建築が急ピッチで進められている。

すでに黄昏《たそがれ》どきだが、ビーチにまだ大勢の若者たちがいた。自分よりほんの若い連中が多い。すでに休暇に入った大学生たちのようだ。

夏彦は、水着の若者たちの間を、背広姿で進んだ。波打ち際へと出る。

遥か江ノ島の向こう側に夕日が落ちようとしていた。

自分のサラリーマン人生も落日のように思えた。

二日で百軒回っても、感触はゼロ。一本でも二本でも、手ごたえがあれば商売というのは手の打ち方が見えてくる。だがゼロでは、まったく先が見えない。

一週間同じことをしても、ゼロあるいは結果が数本であれば、八月の末日だけが迫ってくるだけだ。

それに八月に入ってしまえば、すぐにお盆休暇がやってくる。レストランもショップも個人店ほど休業となる。

なんとなく、この方法では結論が出ないような気がしてきた。

辞めちまうか。

ふとそんなことを思った。会社に損害を与えたまま逃げた無責任野郎と罵《のの》しられても、もはや、どうでもいいような気がしてきた。

幸い北急食品は、いわゆるブラック企業ではない。

むしろ、社名を第一に考える企業である。正直一千万レベルの損金で、慌てるような企業でもない。

秋山酒造への保証があるのならば、あとは上司たちの責任問題だけだ。

知らんぷりを決め込むか？

そんな思いが、どんどん渦巻いてくる。

夏彦は、砂浜を歩いた。水着の男女がはしゃぎまわっていた。妖しいモードのカップルも大勢いる。十年前ならまだ自分もあの中にいた。ナンパは夏のビーチの華《はな》だ。ひどく懐かしく思えた。

平日の夕方とあって、犬を連れた老夫婦なども歩いている。

三十年後の自分はあんな風になれているだろうか？

とりあえずいったん辞めるか。

徐々に結論が浮かび上がってくる。

最近は、辞意を伝えるのに弁護士に依頼するケースが増えているという。二年前に後輩がいきなり辞めた。その時も弁護士が会社にやってきて、事務手続きを代行していった。

当時の夏彦は、最後ぐらい自分でケジメをつけに来いよ、と思ったものだが、いざ自分が退職願を出そうと思うと、ひどく面倒なことのように思えた。

後輩もそうだったのかもしれない。

そうしよう。明日、また飛び込みセールスに出ると言って、社を出たら、すぐに弁護士事務所に相談に行こう。

今夜、家に戻ったら、ネットでその手の弁護士事務所を検索だ。そう覚悟をしたら、急に気が楽になった。

靴と靴下を脱ぎ、革靴を片手にぶら下げながら、波打ち際を歩いた。裸足に寄せる波がかかり、気持ちがいい。

夕日に向かって江ノ島の見える方向へと進む。

材木座の交差点から離れるにしたがって、人影はまばらになる。もう引き際の時間だった。

それでも、ぽつりぽつりと、シートを広げて騒いでいるグループはあった。

「いやだよっ。もう飲めないって言ってるでしょ。何をするのよ、やだぁ。胸とか触らないでよ」

前方で、シートを敷いて酒盛りをしていた一組のグループから、甲高い女の声がした。

痴話喧嘩か？

歩きながら、ちらりとその方向を見た。

男と女がふたりずつ。男は金髪とスキンヘッドだ。腕に幾何学模様のタトゥーが入っており、危険な匂いを漂わせていた。

女のほうは背中しか見えないが、どちらもかなり肌の露出が多いきわどいビキニを着ている。ひとりは小麦色の肌にレモンイエロー、もうひとりは美白のボディにバイオレットのビキニだったが、どちらもパンツは、下着で言うところのTバックで、ブラのストリングスもやけに細い。

あれじゃ、男も触りたくなる。

シートの上には酒瓶が五本ほど転がっていた。テキーラとかウォッカとかそんな瓶だ。

「おまえら、さんざんタダ酒飲んでおいて、なに、気取ってんだよっ。もう陽が落ちてきてんだ。乳首ぐらい見せろよ」

いきなりスキンヘッドの男が怒鳴った。

「いやよ、なに言ってんの、勝手に私たちのシートに転がり込んできたくせに」

小麦色の肌の女が、言い返した。黒髪のセミロング。

「グダグダ言ってんと、ここで水着剝《は》がしてやっちまうぞ」

金髪の男が、無理やり小麦色の女の水着の胸元に、手を突っ込んだ。

美白の女が、笑い声を上げた。

「四人で、ここでやっちゃおうよ」

スキンヘッド男のサーフパンツの中に、手を突っ込んだ。

「うわぁ〜、真司《しんじ》、勃起している」

「マミ、しゃぶってくれよ」

「それはまだ、まずいよ。真っ暗になったら、チュバチュバしてあげる。日没までは、手扱《てこ》き」

マミと呼ばれた女のほうは、いちゃつきOKモードのようだ。

夏彦は、盗み見しながらゆっくり歩いた。危険な香りなのだが、そのぶんエロい気分にもさせられる。

そっと真横を通った。

金髪男が、小麦色の女に手を伸ばしたようだ。

「なんだかんだ言って、おまえ、乳首、ビンビンに勃起してんじゃないかよ」

「いやぁあああ、私、そんな気ないからっ。マミ、これ仕組んだわねっ」

女が叫び、シートから這い出してきた。

ビキニのブラがずれて乳首がポロリとはみ出ている。たしかに乳首が勃起している。

ん？　この巨粒……思わず女の顔を見た。

「淳子っ！」

おいおいおい。右の乳首を晒《さら》したまま、砂浜を這って出てきたのは、元カノの黒木《くろき》淳子だった。

同じグループである北急百貨店の受付嬢だ。二年間付き合って、今年の一月に別れている。お互い、ゴールの相手ではないと、割り切ったのだ。

「あっ、夏彦、助けてっ」

助けてじゃねぇよ。何やってんだよ、おまえっ。

と言うのも忘れ、呆然と立ち尽くす。六カ月振りに見るあの巨粒の乳首が懐かしかった。さんざん舐めしゃぶっていた乳首なので、味を覚えている。妙なもので、また舐めたくなった。

「おいっ。おまえ、いまさら横取りする気かよ」

金髪男が、テキーラのボトルをぶら下げて立ち上がった。二十歳ぐらい。いかにも喧嘩慣れしている顔つきだ。

見るからに勝てるような相手ではなかった。歯向かったら、たぶん自分がボコボコにされる。

関わり合いにならないほうがいい。どうせ、元カノだし知ったことじゃない。そんな思いが浮かぶが、別な方向から、待てよ、という声も聞こえてきた。

ここでボコボコになってしまえば、飛び込みセールスという厄介な活動を、いったん棚上げしてしまうことが可能かもしれない。

グループ会社の女子を助けるためだ。聞こえもいい。小《ちい》せぇ男の姑息《こそく》なアイデアだが、悪くない。

それにボコボコにされてしまったほうが、今回の一連の悪運の厄落としになるような気がした。

「その女の乳首は、いま勃起したんじゃない。元からでかいんだっ」

夏彦は叫んで、手にしていた革靴を金髪男の顔面めがけて投げつけた。

「うわっ」

男が、鼻血を噴き上げて砂の上に両膝を突いた。よりによって命中してしまったようだ。

「んんんっ、痛てぇよ。鼻のプロテーゼがズレちまったよぉ」

金髪男は鼻を押さえたまま、泣きそうな顔になっている。整形していたらしい。そりゃ痛いだろう。

「いまのうちに逃げましょっ」

乳房をカップに押し戻した淳子に腕を取られた。

「待て、この野郎、ホストの鼻を潰しといて、ただで済むと思っているのかよ」

スキンヘッドのほうも立ち上がった。テキーラの瓶を放り投げてきた。背中に当たる。強い衝撃が走った。

夏彦は、踏ん張った。

「真司、止めた方がいいよ。あそこにパトカーが停まっている」

マミの声に、真司が地団駄《じだんだ》を踏んでいるのが分かった。見上げると、一三四号線沿いのパーキングに、確かにパトカーが滑り込んできていた。黄昏の中で、ヘッドライトをつけている。

「てめぇ、覚えていろよっ。次に会ったら、溺死させてやっからよ」

真司の声がする。

夏彦と淳子は手に手を、砂浜を駆け抜けた。

結果的には、さらに災難が深まったようなものだ。ツキがなさすぎる。

3

「ホストって言ってもちゃんとした店の連中じゃないわ。六本木のボーイズバーに出入りして、女を食い物にしているフリーホスト」

淳子が、目の前でビキニのブラとパンツを脱ぎながら言う。一三四号線沿いにあるラブホテルの一室だ。

「なんで、そんな連中と一緒にいたんだよ？」

「あの、マミっていう女に嵌められたのよ」

淳子の素肌には、くっきりブラとパンツの跡がついていた。小麦色に焼けた肌に、そこだけ真っ白な水着の跡は、妙に生々しくて、卑猥だ。陰毛は剃っていた。綺麗なつるマン。

「あの女は？」

「先月まで紳士服売り場に派遣で来ていた子。気が合ったから、よく一緒に飲みに行っていたの。銀座の立ち飲みバーとか、奴らの出入りする六本木のボーイズバーにもね」

「新しい出会いを求めてかよ？」

「まぁね。カレシナシなんだから、自由でしょ。でも、まさか、マミがあのスキンヘッドの真司とデキているとは思わなかったよ。唐突に海に行こうとかって、おかしいと思ったんだよね。あの女、あいつらに私を売ろうとしたのよ」

真っ裸になった淳子が、バスタオルで身体を拭いている。縦一文字に刈り上げられた陰毛が丸見え。その上、女の肝心な部分まで、拭《ぬぐ》っている。生々しいエロさが、ぐっと押し寄せてくる。

「淳子さぁ、ふつうそういうの、バスルームでやるだろう。俺たち、もうそういう間柄じゃないんだからさ」

夏彦はベッドで仰向けになったまま言った。

「それはそうだけど、二年の間に、百回はエッチしたんだから、いまさら隠すところもないしね」

淳子があっけらかんと、こっちを向いて言う。まんちょの肉襞が、半開きになっている様子が丸見えだ。

「それに、夏彦さ。自分だって、トランクス一枚じゃん。さっきからビクン、ビクンって動いているよ。まだ私の身体に、十分反応しちゃうの？」

淳子が、股間を指さし、婀娜っぽく笑った。懐かしい笑顔だ。

「いきなり淳子の乳首を見た瞬間から、俺、かなり興奮している」

夏彦は、本音を言った。

半年前まで、会えばセックスをしていた関係だった。付き合っていたというより、セフレに近い存在だった。

淳子の言う通り、もう百回はやっている。

飽きて別れた、という感じもある。

ところがどうだ。半年ぶりに淳子の裸を見ると、たちまち発情してしまった。

本来、夏彦は常に新しい女の身体を求めるタイプだ。だが、いまそれとは違う感情に揺さぶられている。

勝手知ったる女の身体もいい。淳子の身体のどこをどう触れば、興奮するか知っている。乳首は超敏感で、膣は浅い部分をさんざん擦った後に、ドスンと子宮を叩くとのけぞるはずだ。かつてのパターンを妄想しているうちに、トランクスの前が高々と盛り上がった。

「夏彦の乳首、舐めてあげようか」

淳子がベッドサイドに腰を下ろしてきた。淳子も淳子で同じ気持ちになっているのではないだろうか。

「ちょっとやってくれるか？」

胸をせり上げた。

「甘嚙みもして欲しい？」

焦《じ》らすように言いやがる。付き合っていた頃と全然変わらない。

「おまえだって舐めたいんだろう？　どうせ俺の乳首舐めながら、クリトリスいじりまわすくせに」

言い返してやる。

「ばかっ」

頭をはたかれた。顔が真っ赤だ。

淳子は、男の乳首と自分のクリの大きさや硬さを比べて喜ぶ癖がある。

「俺の乳首、甘噛みしながら、淳子もマメをくちゅくちゅ潰していたの、俺、ずっと気づいていたんだぞ」

「嘘よ。夏彦、目を瞑《つむ》って、喘ぎまくっていたじゃん」

「ばかいえ、薄目を開けて、おまえの顔がしわくちゃになっているのを、俺、ちゃんと見ていたんだぞ。なんで、男の乳首を噛んで、おまえが感じまくるんだよ。右手で、クリ豆を摘《つ》まんでいたんだろうっ」

夏彦は目を細めた。調べはついているんだ。白状しろっ、と迫る刑事の気分だ。

「それ以上、言わないでっ」

淳子がいきなり顔を倒してきた。夏彦の胸の上に、だ。右の乳首に吸い付かれた。

「んんんんっ」

条件反射のように腰が浮く。七カ月ぶりの淳子の舌がやけに新鮮だった。

じゅるり、じゅるり、と舐められた。淳子はベロを最大限に差し出して舐める女だ。大きな面積でどっぷり舐めてくれる。

舌先でチロチロと舐める女が多い中で、このべろべろ舐めは貴重な存在だ。

しかも舌腹は、ザラザラしたタイプだ。

「おぉっ、この舌で舐められていると、淳子の孔《あな》の中も思い出すよ」

淳子は淫層もやたらザラザラした感触なのだ。特に雁首《かりくび》は大いに刺激された。

「いやだぁ。そんなことばかり言わないでよっ」

淳子が、うちわで風を送るような勢いで舌を動かした。

「わわわっ」

ぴんぴんに勃起した右の乳首から発せられた快美感の矢は、背筋、尻の裏と駆け抜けて、最後は肉棹の芯を昇りつめ、亀頭をカチンコチンにした。

「夏彦、前より感じやすくなった？」

淳子がトランクスの上から、肉の尖端を撫でてくる。

「久しぶりだからだ。お前の舌や指が凄く新鮮に感じる」

正直に告白した。付き合っていた時の末期は倦怠感に包まれていたのも事実だ。

「たまにだけやれば、いいのかも。私も、夏彦の乳首とか、この先っちょの感じって好きだよ」

そう言いながら、トランクスを脱がしに掛かってきた。

ポンと弾《はじ》け出る。

それを手のひらで包み込まれた。淳子は気が強く、ファッションも派手好みだが、男への愛撫は、繊細で巧みなのだ。

特に、乳首や陰茎にはやたら愛情を込める。その男自身よりも、乳首、肉棹、睾丸を愛《め》でる女なのだ。

「性格が合わなくても、身体だけは無性に合うってあるよな」

「あるある」

それが自分たちの関係なのかもしれない。

「なら、割り切ってセフレにならないか？　愛情がどうのこうのっていう面倒くさい話は抜きにして、会ったらすぐに、触って、舐め合うのっていいと思わないか」

「いいよ。そのほうが、私も、完全に弾けられると思う。だけど絶対に内緒にしてくれる？」

「俺だって、実は乳首でよがる男だと思われたくない。棹を手でしごかれながら睾丸を舐められるのが好きなのも知っているのは、おまえだけだし」

「片方の玉だけ、ぐぃ～ん、と引っ張られるのが好きな男って、他にあんまり知らない」

「だから、誰にもしゃべるな」

淳子が、手のひらに唾《つば》を落として、亀頭の先を撫で回し始めた。先走り汁も出始めてきたので、亀頭冠部分がヌルヌルになった。強すぎず、甘すぎず、淳子の撫でまわし方は絶妙だ。

唇がまた右の乳首に降りてきた。涎《よだれ》をいっぱいに含んだ口の中に乳首を引っ張り込まれた。チューーッと吸い上げられる。乳首が伸びる。淳子の攻め方が付き合っていた頃よりも大胆になっている。

「あへっ」

夏彦は。顔をくしゃくしゃにして海老反《えびぞ》った。

口の中で伸びきった乳首をフェラチオのときに裏筋を舐めるような感じで、じゅるん、じゅるんと、根元から尖端に向けて舐め上げてくる。

「くはっ」

これはたまらなく、いいっ。快感に棹を震わせると、それをしっかり握られた。そのまま右の乳首を執拗に舐めしゃぶられたまま、肉棹を手筒の上下で攻め立てられた。

「あうっ、そろそろ左も攻めてくれないか」

「だめ、左はじっと見ていたいの。ちっちゃな粒が、ちょっとずつ硬くなってくるのって、自分のクリトリスを見ているみたいで、ぞくぞくする」

薄目を開けると、淳子は右の乳首をしゃぶりながら、視線は左乳首に這わせていた。凝視されていると、左の乳首がどんどん疼いてくる。

「早くしゃぶって欲しい！」

「私のクリもいまこのぐらい大きくなっているよ」

亀頭をいじっていた手を、淳子は自分の割れ目のほうへと移動させた。ねちょっと、肉襞を寛《くつろ》げる音がした。さんざんいじったり舐めたりしたことのある淳子の秘裂だ、大きめの花びらが、糸を引きながら左右に拡がる様子をはっきり想像できた。

「あんっ、ひゃほっ」

大陰唇の合わせ目に、指を当てたにちがい。

「おまえのクリトリスのほうが、もう大きいんじゃないか」

「うん、なんか興奮しちゃって腫れあがっている」

「それ、俺にもしゃぶらせろよ」

頭の中に、表皮から剝けたパールピンクの肉芽が目に浮かんだ。

「待って、夏彦の左の乳首とこれをくっつけてみたい」

やにわに、淳子がベッドの上に上がってきて、夏彦の胸の上に跨《また》がった。佇立《ちょりつ》したまま、頭をぶるぶるっと振って髪を梳《と》かした。

見上げると、股間の濡れた花が真っ先に目に飛び込んできた。そして、その上に男の乳首ぐらいのサイズのクリマメが、にょきりと顔を出している。表皮は完全に剝けていた。

「騎乗位の位置が違うだろうよ」

夏彦は、自分の左乳首と淳子のクリトリスを見比べながら質《ただ》した。

「それはあとですぐやるとして、クリと乳首の擦り合わせって、やってみたいでしょう」

淳子が腰を降ろしながら蠱惑《こわく》的な目をした。付き合っていた頃はもう少し遠慮があったと思う。やるだけの関係になったことで、追求することがひとつになったということだ。

「それは、まぁ、やってみたいよな。乳繰《ちちく》り合うという言葉があるけど、乳とクリを合わせる奴は少ないと思う」

「試そうよ。乳クリ合い」

「そうだな……」

夏彦が答える前に、淳子が巨尻を振り降ろしてきた。がに股だ。かつて騎乗位でさんざん擦り合った仲だが、いまはかなり前方にある。

身体を少し斜めにずらし、夏彦の左の乳首に自らの花びらを合わせている。

「押し花ね、あんっ」

べちょっ、と花びらが乳暈を包み込んできた。突起は乳首の位置から少しずれたところに当たった。ぽちっとした粒が乳暈の上の方に触れている。

早く擦り合いたいと乳首のほうが疼いている。

「んんん。花びらが、ねちょねちょしている。唇よりも粘っこいな」

文字通り陰唇って感じだ。

「ああ、なんか変な気分、マメマメを擦り付けてもいいかな」

淳子が、乳首の上で、尻を揺すり始めた。花びらが捲れて、乳首と乳暈を、ねちゃくちゃと擦り始めた。

淳子は、勿体《もったい》をつけてクリトリスを微妙に乳首から外している。花びらがくにゃっ

くにゃっと乳首や乳暈に触れてくる。

「んんがっ」

何とも言えない生温かい擦れ具合だ。

「はふっ」

淳子が肉花を少し上げた。ツツ～と粘液の糸が何本も出来た。指に付着した接着剤が糸を引く様子に似ている。淳子の目がうっとりとなっている。付き合っていた頃よりもエロいっ。

「早く、乳クリしてくれよ」

夏彦は懇願した。乳首が背伸びをしている。

「うんっ」

淳子が、半開きの唇を舌で舐めながら、位置を確認しながら、まんちょを降ろしてきた。

突起と突起が、チョンと当たる。

「うわっ、乳首がいい」

夏彦は呻いた。粘液でねちょねちょになった乳首の尖端に、コリコリした肉芽が当たった。同じぐらいの大きさの粒がこすれ合う。

「クリもいいっ。指とかで触られるのと微妙に違う感じ」

淳子が、様々な方向に淫所を滑らせた。その都度、乳首に、肉芽が引っかかる。

「あぁあああああ、昇《い》くぅうう」

「ばか、男の乳首なんかで昇くなっ。俺も入れてぇ」

夏彦はフォールを逃れるプロレスラーのように、胸を突き上げて、淳子を跳ね除《の》けようとした。

「待って、待って。一回、これで昇ったら、ちゃんと気持ちよくしてあげるから。それよりも、乳クリ合わせで、飛んでみたいの。それって初体験だから」

淳子がめちゃくちゃに花びらを擦り付けてきた。

「あぁあああああああ、いくぅうう」

淳子が、がに股のまま、ガクリと背後にのけぞった。白い粘液をまぶしたぐちゃぐちゃの割れ目が、夏彦の眼前に広がった。

どれだけ気持ちよかったか、ひと目でわかる淫所だった。

4

「昔よりさらに太くなったみたい」

淳子の割れ目がそう言っている。

いや、違う。シックスナインの体勢になっているので、そんな錯覚を得たのだ。淳子が上、夏彦が下の体勢だ。

淳子は、ヒップを夏彦の顔面に押し付けながら、肉茎を舐めしゃぶっていた。ソフトクリームを舐めるような具合に、だ。

夏彦は、淳子の小麦色の尻山を抱きかかえ、その底に顔を埋めていた。

眼前いっぱいに菱形の肉庭が広がっている。

ヌメヌメとした花びらを舌先で押し拡げると、なんとなく子供の頃に水族館で見たエイを思い出す。

「おまえの小陰唇、右側が大きくないか？」

右の花をしゃぶりながら訊いた。

「それ、夏彦が右だけを、積極的に甘噛みしたからでしょう。俺の痕跡を一生残してやるとか言ってさ、甘噛みしたまま引っ張るから、伸びちゃったのよ」

「あぁ、確かに、こうやって痕跡が残っていると嬉しいものだ。もう見ることなんかないと思っていただけに、このビラビラとの再会は嬉しい」

言いながら、右の小陰唇を指で摘まんで引っ張ってみた。

「やだやだやだ。それ以上、右の花びらを拡げないで。夏彦と別れた後に、やった男から『おまえの小陰唇、まじ面白い』ってさんざん言われたんだから」

淳子がしゃぶりながら言う。鰓の下側に丁寧に舌先を這わせてくれるので、尖端ははち切れそうなほど硬直しだした。

「俺の後に、何人ぐらいに、この小陰唇見せたんだよ？」

「五人。普通でしょう。別れて半年も経つんだから」

淳子が、しゃらんと言う。ヒップを左右に揺らしながら、今度は男根をかぽっと咥《くわ》え込んだ。そのまま顔を上下させ始める。淳子の唇が捲れた。

気持ちいい。

同時に嫉妬も湧いてくる。

男は勝手だ。別れた女でも、その後、自分が愛でた秘部を他の男が愛していると思うと、めらめらとジェラシーが湧きあがってくる。

夏彦は、左右の人差し指を使って、淳子の花びらをくわっと押し拡げた。白濁液でどろどろの状態の具肉の全体を見る。

めちゃめちゃに、いじり回したくなった。

あのころと違って、自分だけが愛せる秘部ではないのだと、あらためて悟ると、猛烈な競争意識が湧いてくる。

自分が、一番感じさせる男になりたい。

夏彦は、かつないほど、舌を回転させ、指を滑らせた。

とくにコリコリになったクリトリスは、潰さず、盛大に吸った。どこまでも大きくしてみたいという、稚拙《ちせつ》な願望だった。

「あぁあああああああ」

クリトリスが伸びた。どこまで伸びる？　夏彦は、大きく息を吐き、尻ごと呑み込む気で、クリトリスを吸い寄せた。

「あひゃ、ふひょっ。はふっ」

淳子が、フェラチオに集中できなくなり、肉棹から唇を離し、ベッドのマットをパンパンと叩いた。

ギブアップの意味らしい。

女が降参してから、さらに責めたくなるのが、男の本能だ。夏彦は、もう一度、息を吐き、さらにクリトリスをバキュームした。新たな痕跡を残せるかもしれないと思うとムキになった。

これから、淳子のここを見る男たちに、新たな驚きを与えてやりたいのだ。

「んんんんんっ」

顔を真っ赤にして、ひたすら吸った。もっとこっち来いっ。んんんんっ。

「よしなさいってばっ、綱引きじゃないんだからっ」

淳子がいきなり振り返り、眦を吊り上げた、夏彦の睾丸をしっかり握っている。これ、無茶したら金玉を握りつぶす気だ。

吸い付いたまま、夏彦は黙った。もうちょっとしゃぶっていたい。目を細めてみる。

「ひょっとこみたいな顔で、愛嬌を振りまいてもダメっ」

ギュッ、と睾丸に握力が加わる。おっとっと。

夏彦は、さすがに、唇を離した。

「そろそろ、ちゃんと挿入しようよ」

淳子が、体の向きを変えながら言う。遊びは終わり、という目だ。

「そうだな」

「今日は、お礼エッチだから、私が上で動いてあげる」

淳子がそそり立つ肉棹の上に、こちらを向いてしゃがみ込んだ。さきっぽまで、三センチの位置で、角度を確認している。

「じゃぁ、一ラウンド目は任せる」

「夏彦、どんだけお代わりする気よ」

「マンずり。つまり、一万回擦りたいっ」

「ばかっ」

淳子が、すっと巨尻を降ろしてきた。平べったい粘処にカチンコチンの肉槍が当たる。次の瞬間、赤銅色の太槍が、ずぼっと、秘孔にめり込んだ。グイグイ呑み込まれていく。中は煮えたぎっていた。

「あぁあああああ、太いぃぃぃいいい」

淳子が尻を落としながら、自らの手で両乳を揉んでいる。髪を振り乱し、指を深く食い込ませて乳房を揉んでいる姿は凄艶だ。

「おぉおおお」

慣れ親しんだ肉層だが、やけに新鮮に感じた。ザラザラした膣壁が亀頭をどんどん圧迫してくる。淳子が腰を降ろし終えたとき、肉の尖端が、子宮を叩いた。

「あぅう」

一番深いところで結合した。ピタリと肉同士が密着した。

夏彦は、自分からは動かずに、淳子の動きを待った。

身体の中心に肉杭を打ち込ませた淳子は、しばらくその形や硬度を懐かしむように、じっと腰を止めたまま、膣層の括約筋《かつやくきん》を動かしていた。

夏彦も心地よい圧迫感を楽しんだ。

「んんんっ。くうぅう。先に楽しませてね」

淳子がゆっくり腰を動かし始めた。棹の全長を収めたままの横運動だ。夏彦の土手に、淫所の合わせ目を密着させている。

「あっ、これがいいのよ」

淳子は瞳を閉じて、双乳を揉みながら、じっくりと楽しむようにヒップを動かした。ぬちゃっ、ねちゃっ、といやらしい音が漏れてくる。濡れた花びらが夏彦の土手の上で、よじれる音だ。

「あんっ、これ、出会ったばかりの男の人とは、やりづらくって」

「そういうものか？」

「そういうものよ。はじめから淫乱な女みたいに見られるのは嫌よ」

肉芽が土手に擦れるたびに、膣壷がきゅっと締まる。激しく律動させなくても、じわじわと快感の波が押し寄せてくる。

「馴染み出したら、淫乱だってばれてもいいのかよ？」

夏彦は、両手を伸ばした。淳子の手を払い除け乳首を摘まむ。巨粒を、ギュッと摘まみ上げる。

「あっ、それ、きつくていいっ。いいのよ、知っている人には、どんなに恥ずかしい姿を見せても」

淳子は、さらに熱い蜜をあふれさせた。

さらに乳房全体を、もみくちゃにしてやる。乳山に五指を食い込ませて、ぎゅうぎゅうと揉み込んでやる。

「んんんんっ。それもたまんないっ。ハードにされるのって久しぶりだから」

熱湯のようなとろ蜜が、ぴちゃぴちゃと飛び散り、夏彦の陰毛にまでかかってきた。

淳子とは、セックスを重ねるほどに、ハードな愛撫になっていたのだが、新しい男たちとはまだそこまでの関係になっていないようだ。

本性を自分にだけ見せてくれていると思うと、それはそれで嬉しい。

前後に揺らすヒップの速度が速まった。一気に昇きたくなったようだ。棹が前後に揺さぶられ、土手に当たっている女の粒は、ますます硬さを増していた。内側の柔肉が棹に吸い付いてくる。

夏彦は、サポートするように淳子の腰骨に両手を移し、ガシガシと揺すってやった。

「あぅつぅぅぅぅぅぅうううううう」

淳子の顔が喜悦に歪んだ。

夏彦の方も、さすがに、横揺れだけでは、物足りなさを感じ始め、自らの突き上げも加えた。腰をしゃくるようにして、男根を縦に送り込む。

「あっ、うわっ、私、イク」

下からの田楽刺《でんがく》しで、屈服したように、淳子が総身を痙攣させて、倒れ込んできた。両の乳房が夏彦の顔面に当たる。乳首が硬直し、乳暈に泡を浮かべている。昇天した瞬間の女の乳首は、生々しい。

そのまま、淳子は夏彦の頭を掻き抱いたまま、荒い息を吐いていた。汗にまみれた背中を抱いてやると、熱気が伝わってきた。少し、そっとしておいてやる。

挿入したままだったので、膣が収縮を繰り返しているのがよく分かった。

男が先に爆《は》ぜてしまったときには気が付かない、膣の微妙な蠢動《しゅんどう》だった。

二分ばかりそうしていると、淳子の吐息のリズムが整ってきた。

「昇っちゃったら、眠くなってきちゃった……」

「おいおいっ」

夏彦に覆いかぶさったまま、淳子は瞳を閉じて甘えた声を出す。結合したままだ。

「あのなぁ。俺、まだ出していないんだけど」

顔を横に向けて、淳子の耳もとに囁く。

「勝手に動いて」

出たぁ〜。超わがまま女の自己中心エッチ。これも別れた理由のひとつだ。

「勝手に動くさ」

夏彦は、淳子の肩を押し、一気に跳ね起きた。淳子の頭が、ベッドの裾側に落ちる。

「いやんっ。眠いのに」

仰向けになった淳子が目を擦る。

「寝言は、寝てから言えよ」

左右の足首を持って、淳子の肩まで押し込むと、尻が丸くなって秘部が天井を向いた。まんぐり返しだ。

もちろん、夏彦の陰茎は、根元まで刺さったままだ。ピンク色の秘裂に赤銅色の太棹が、ぐっさり挿し込まれている。

ぐちゃぐちゃに突き刺してやろう！

ズルッと、引き上げた。雁首が猛烈に柔肉を逆撫でていく。膣の入り口直前まで引き上げ、そこから、急激に落下させた。子宮をぺしゃんこにしてやる！

「うわっ、んんがっ、効く！」

極点を見て呆《ほう》けていた淳子が、カッと目を見開いた。

恍惚《こうこつ》の衝撃をまともに受けて、慄《おのの》いている目だ。

夏彦はスパーン、スパーンと二度、三度と叩き込んだ。結合点を眺めると、引き上げた棹の胴部に粘り気のある白濁液がべったりついている。蝋《ろう》が溶けたような白い筋だ。

「寝呆けた振りしやがって、めちゃくちゃ感じてんじゃねぇかよ」

そのまま、膣の中間部を中心に、小刻みに出没運動をさせた。みるみるうちに、膣の脇からコンデンスミルクのような女汁が溢れてくる。

そのまま相撲のガブリ寄りのように腰を振り立てた。

ずちゅ、ぬちゅ、ずぶっ、ずぶっ。股間からコンデンスミルクが乱れ飛ぶ。

「わっ、わっ、わっ。凄いよ、夏彦っ、まじ凄いっ。私、やばいよ。おかしくなっちゃいそう。こんなの昔はなかったよ」

淳子が半身を起こしてしがみついてきた。インフルエンザでもくらったように身体全体が熱い。

エロだけの付き合いということで仕切りなおしたことにより、ふたりの間に横たわっていた、将来のこととか、愛情の軽重とか、世間体とか、そういう面倒なものが一切取り払われ、欲望が剝き出しになった結果のように思われた。

最初から、セフレというのは打算的すぎるが、一度付き合った女と時間をおいてセフレになるのは、いいものだ。

「あひゃ、うわんっ、こんなに乱れちゃって私、ハズいよ」

淳子が顔をくしゃくしゃにした。目には羞恥の色が浮かんでいる。奔放に見えていた淳子でも、交際中はどこか抑えていたのかと思うと今更ながら愛《いと》おしく思えた。

セフレからやり直すというのは、新しい。

夏彦は、怒濤《どとう》の連打を送り込んだ。

「ひゃっ、いくっ。もう、だめっ、夏彦ッ、出してっ、早く出してっ。私もう何度も昇って、本当におかしくなっちゃう」

淳子は、喘ぎながら、夏彦を恨めし気に見つめてくる。

勝ったような気がした。

稚拙なのは百も承知だが、夏彦は女をぎゃふんと言わせて初めて、達成感を得られた気分になれるのだ。そう、稚拙なのはわかっている。だが、それが牡《オス》の本能なのではないか。

「出るっ」

淳子の膣層の中で、しぶきをを上げた。

「あぁああ、熱いのがビュンビュンくるっ」

淳子がビクンビクンと身体を震わせて、最大の絶頂へと駆け上がっていく。夏彦もこの二日ほど溜め込んでいたものを一気に吐き出したような気分になった。

会社を辞める決心もついた。

淳子を抱きしめたまま、崩れ落ちた。そのまましばらく抱き合って眠った。

「そんなの全然辞めることないよ。夏彦、ギブアップするの早すぎっ。私だって昇天した後でも、さらに歯を食いしばって頑張ったんだから、夏彦も出すの、もっと我慢して」

七里《しちり》ヶ浜《はま》のバー。

天井に大きな扇風機のついた南国風のバーだ。

開け放たれた窓から海風と潮騒の音が流れこんでくる。

夏彦が、先週金曜日からの流れを説明し、明日辞表を出す話をすると、淳子はあっさり否定してきた。

「エッチと仕事をごちゃごちゃにするなよ」

淳子と話していると、エロ過ぎてときどき頭がおかしくなるときがある。

「だって、九千本ぐらい、ちょろいと思うもの」

「あのなぁ、おまえが思うほど、営業は楽じゃないんだ。卸や、ルートが出来上がっている店に流すのなら、いろいろ手があるけど、新規開拓となると、そうはいかない」

「いまは夏よ」

淳子は、ダイキリのグラスを口に運びながらほほ笑む。ラブホを出て、海岸通りのセクトショップで購入した白地に赤で太陽の柄をあしらったワンピースを着ている。安物なのにこいつが着ると、ゴージャスに見えるから不思議だ。

「ワインは、夏だと余計にだめなんだ」

夏彦は生ビールを呷《あお》りながら答えた。

「飲むわよ。浜辺なら」

「浜辺?」

「そう、ガンガンみんな飲む。女口説《くど》くのにテキーラよりもワインのほうがいいと思うもの。浜辺に店を出せばいいのよ」

「いやいや、それじゃ、小売店と揉めることになる。うちは仲介業だ。小売店との間にダイレクトマーケットはしないという不文律がある」

製造業、仲介業、小売店がそれぞれ分立して、この商いは回っている。

「なら、小売店を嚙ませたらいいわ」

淳子が、ナッツを口に放り込みながら言う。素人ほど単純化して考えるものだ。

「北急ストアに海の家をやらせればいいのよ。私、由比ヶ浜に一番近いストアの副店長とやったことがあるのよ」

「やったことがあるだって?」

夏彦は片眉を吊り上げた。

「夏彦と付き合う前だから」

「そっか」

あっさり引いた。それより海の家の話が気になる。

「私が頼んであげるよ。北急不動産と北急建設を嚙ませたらすぐよ。北急食品にとっても宣伝になるんじゃない？」

「そりゃそうだけど、海の家なんて、もう出店権利が確定していると思うけど」

「うちは北急よ。私が、今夜中に頼んでみる。グループの総力をあげればどうにかなるはず」

「おまえにそんな力あるのか？」

淳子は笑った。ワンピースの上から股間を指さして、口パクで言う。

『おまんこパワー』

やっぱりこいつとは別れて正解だった。だが、使える女ではある。こいつにとって一番エロい男であり続ければいいのだ。

第三章　渚のシンドバッド

1

「ひと月で、完売してしまおう」

営業部の先輩、鈴木悠太が声を張り上げた。

午前八時。真夏の太陽が、テラスに燦々《さんさん》と降りそそいでいる。

総勢十五名のスタッフが「おうっ」と拳を空に向かって突き上げた。もちろんその中に夏彦もいた。

鈴木と夏彦だけがスーツを着ていた。

残りの十三人の男女は、そろいのポロシャツとハーフパンツ姿だ。ポロシャツは緑色に北極星《ポラリス》のマーク。これは北急グループのロゴだ。

どんな事態になっても動かず泰然《たいぜん》と輝いていることを意味している。

ハーフパンツのほうはベージュに統一されていた。

黒木淳子の人脈、いや淫脈によって、たった一週間で、由比ヶ浜に北急食品が運営する海の家『サンタモニカ』が見事に完成してしまったのだ。

これこそ股力《またぢから》だ。

まずは北急不動産が地上げ屋さながらにビーチの中央の土地を確保した。すでに決定していた店を、強引に立ち退《の》かせたのだ。

百年前の創業当時を思わせる強引さだ。

そこに北急建設が、コロニアル風のテラスレストランを二日で建ててしまった。

最終的に北急ストア南鎌倉店が営業許可を取り、販売用スタッフを貸し出してきた。

この店の運営会社はあくまでも北急食品で、責任者は鈴木と夏彦だが、実質的には北急ストアの販売員たちが、客に接してくれるのだ。

巨大企業群ならではの強みだが、日ごろはグループ間でもここまでの素早い連携はない。

こんなことをやるには、一年も前からプロジェクトチームが結成され、侃々諤々《かんかんがくがく》の討論が展開されるのが普通だ。そして各社が、自社の利益ばかりを主張する。

それを一気に結びつけたのは淳子だ。いわく「おまんこパワー」だ。

各社の窓口になったのは、様々な男たちだ。二十代もいれば五十代もいた。各社でのポジションもいろいろだ。ただ全員が必死で動いてくれた。

誰もが、文句ひとつ言わず懸命に協力したのは、淳子がもっとすごいグループの大物とやっているのではないかと恐れたからだろう。

正直、いまは夏彦もそのパワーに恐れ慄《おのの》いている。

とにもかくにも、海の家は完成した。

秋山酒造がかき集めたカリフォルニアワイン『モニカ』、とりあえず千本も、すでにバックヤードに入っている。

「他店よりも三日遅れての開店になりますが、本格的に賑わうのはたぶん、大学生が夏休みに入る明後日あたりからですね。サラリーマンやＯＬもだいたい二十五日過ぎぐらいから夏休みを取得するでしょう。今ビーチで酒盛りしているのは夜明けとともにやってくる水商売の方たちですよ。あっ、私、ストアの上川詩織《かみかわしおり》です」

三十代後半と思える女性が近づいてきてそう言った。茶髪、そして少しそばかすの多い顔。サーファーなのではないか。

たしかに午前中のビーチはまだ人がまばらだったが、過激なビキニを着た女性と真っ黒に日焼けした茶髪の男たちが、大声を上げて酒盛りをしているグループがいくつかいる。

「初めまして。僕は食品の石田です」

グループ企業同士のあいさつでは、互いに北急という冠《かんむり》は外して伝える。電鉄、建設、百貨店、そう言うだけでいい。

「売るのは私たちに任せてくれればいいわ。食品のおふたりには、仕入れの管理とビーチ客の情報収集をお願いします」

そばかす顔の詩織がそう言って、バインダーの商品リストに目を走らせた。

ワインのほかにチーズやレーズン、フランスパン、ミネラルウォーターなどの関連商品も仕入れてある。

ただしビールは避けている。隣に『サウス麦酒《ビール》』の直営ショップがすでにあるからだ。競合は避けるべきだと、上層部が判断した。

「ビーチでの情報収集とはどんな角度から探ればいいのでしょう？」

夏彦は訊いた。

自分たちのやっている営業とは、いわゆる企業間取引《BtoB》だ。小売業《BtoC》の経験はない。

「ビーチにいる人たちの男女比とか年齢層です。わたしたちもビーチでワインに特化した販売をするのは初めてです。ですから、まずお客様がどんな層で、ワイン以外にはどんなドリンクを飲んでいるのか知りたいんです」

「ワインは微妙だと思いませんか？」

もっとも気になっていることを尋ねた。

正直、ビーチでワインは一般的でないような気がする。

「いや、いけると思います。ただし紙コップではなく、ちゃんとしたワイングラスで出した方がいいような気がするんです。といってもプラスチック製でいいのです」

販売のプロはそう言った。

準備しているのは紙コップだった。

「グラスですか？」

「そうです。うちの店では、ボジョレーの解禁日には店頭販売しますが、試飲用に紙コップではなくプラスチック製のワイングラスにしたら三倍ボトルが出ました。ちょっとした印象操作です。たぶん、ビーチでもグラスのほうが男子が女子を口説きやすくなると思うんです。私みたいなおばさんが言うのもなんですけど、ビーチでグラスに入った赤ワインを差し出されたら、ちょっと嬉しいです」

詩織が照れ臭そうに笑った。

「上川さんが、おばさんだなんて、全然そんな風に見えませんよ」

「やだぁ。私、もう四十歳よ。立派なおばさんです。でも女心っていうのは、今も昔も変わらないと思う。ナンパするなら、最初はビールより赤ワインだわ」

詩織が自信ありげに、ほほ笑んだ。

「上川さん、なんか男の味方ですね」

「そういうわけじゃないのよ。女の子も所詮はナンパされたくて海に来るのよ。どうせなら、上手な橋渡し役をしてあげたいのよ。オールド湘南ガールとしてわね」

「それには赤ワインですか」

「そう、テキーラやウォッカじゃないと思う」

「ですよね。でも困ったな、紙コップしか入荷していない」

「うちの店にパーティ用の簡易グラスを入れている業者さんを知っています。オーダーを入れていいですか？」

「わかりました。すぐに取り寄せてください。経費を計上しておきます」

ここはプロの判断を尊重しようと思う。

「意見を通してくれてありがとうございます。それと、石田さんと鈴木さんで、両隣のお店に、ご挨拶をしておいた方がいいと思います。一カ月以上、並んで商売をするのですから協調し合わないといけません。こちらが後から来たんですから、開店前にご挨拶をしておくべきです」

オールド湘南ガールは、そばかすだらけの顔を綻《ほころ》ばせた。

「なるほど、いますぐ行ってきます」

夏彦は鈴木のもとへと走り、その旨を伝えた。鈴木も膝を打った。そのままふたりで店を出た。夏の浜辺だというのに、背広を着こんで、手土産にモニカを三本ずつ手に持った。

横須賀寄りの店が『サウス麦酒』の直営店。関西系のビールメーカーだ。そして江ノ島寄りの店が『花吹雪化粧品《はなふぶき》』。老舗化粧品メーカーだが、銀座の本社近くに『花吹雪パーラー』を開いていることでも知られている。

どちらも、三日前から営業を開始していた。

「どっちから行きますか？」

夏彦は訊いた。

「まずはサウス麦酒さんだな、同じ酒を売るんだから、仁義を通しておかなければ」

鈴木が海を背にして、右側にあたるサウス麦酒店へと進んだ。

メイン商品の『サウス金生《きんなま》』の旗が風に靡《なび》いている。旗は正面入り口の左右に五本ずつ立っていた。

「生に点を打つと、別な漢字に見えますよね。フリガナの『な』を『た』に変えても凄い」

夏彦が言った。鈴木が、ぷっ、とふいた後で、きりりとした顔で言う。

「間違っても、口に出すんじゃねぇぞ」

「はい」

だがどうしても金玉に見えてしょうがない。

店に入るとビール独特のホップの匂いがした。カウンターに、白地にブルーのストライプが入ったユニホームを着た女子がずらりと並んでいる。

しかも背中にリュックのようにビールサーバーを背負っているのだ。どこかで見た光景だ。

「いらっしゃいませ！」

野球帽がよく似合う太めの女の子が、ピストルのようなサーバーコックを上に向けたままお辞儀をした。

そうだ野球場のスタジアムにいるビアガールだ。

「生中ふたついただけますか」

如才《じよさい》ない鈴木がオーダーした。ここは購入する場面だ。

にっこり笑って差し出されたプラスチックジョッキと交換に代金を払いながら、隣の店の者で挨拶に来たと伝える。すぐに責任者が現れた。

「これは、これは北急はん、わざわざのご挨拶、痛み入りますなぁ」

すぐに黒のスーツを着た中年男が出てきた。

名刺交換をする。

【㈱サウス麦酒　関東支社宣伝部長　大里英雄《おおさとひでお》】とある。

「隣でワインを販売させてもらいます。ビールは出しませんので、なにとぞ共存共栄ということでよろしくお願いいたします」

鈴木が穏やかに言う。穏やかだが、一歩も引かないという強い意志を込めている。さすが将来の幹部と見込まれている男だけあって、どこか自分とは迫力が違う。

「かめへん、かめへん。ワインならなんぼ売りはっても、うちはかめへんよ。せや、こういう場所では共存共栄や。客を奪い合わんで、うまく回し合ったらよろしい」

大里が額に汗を浮かべて破顔した。

鈴木がモニカの入《こ》った紙袋を差し出す。

「うちのビールは買うてもらったのに、すんませんなぁ。交換やないけど、これどうぞ。好きな時に飲みに来なはれ」

中ジョッキのビール券五枚をくれた。鈴木と夏彦は礼を言って店を出た。

「いかにもな浪花商人《なにわあきんど》でしたね。でも人は良さそうだ」

夏彦がネクタイを緩めながら言った。日差しはどんどん強くなってきていた。早く自分たちもポロシャツとハーフパンツ姿になりたい。

「いいや、あれは、ワインがビールに勝てるはずがないと余裕で言っているだけだ。あの手ののらりくらりのタイプは、見た目以上に手ごわい相手になる」

鈴木がサウス麦酒の店を振り返りながら言った。

相好《そうごう》を崩して対応してくれていた大里の顔が一変していた。何やら厳しい口調で、ビアガールたちに訓示している。

「たぶん、絶対に負けるなと言っているのだろう」

鈴木が片眉を吊り上げた。

自分たちの店を通り越して『花吹雪パーラー』へと向かった。

ビーチにあっても洒落《しやれ》た造りだった。まるでコート・ダジュールの海辺に建つレストラン。そんな外観だ。

名物の花吹雪アイスクリームのほかにもサンドウィッチやハーブティーなども置い

ているようだ。

「これなら三軒並んでいても、まったく競合しないな」

鈴木が笑った。

「コート・ダジュール、カリフォルニア、大阪ミナミ、って客もはっきりわかれそうですね」

夏彦は笑いながら、花吹雪パーラーのピンク色に真鍮《しんちゅう》のノブのついた扉を開けた。

ひんやりとした空気に包まれる。

ショーウインドウに名物の花吹雪アイスクリームがずらりと並んでいる。まさにその名のごとく色とりどりだった。三十種類はあるだろう。

ショーウインドウの背後で、数人の女性スタッフがにこやかな笑顔を浮かべている。そろいのアロハ。白地に桜吹雪の柄だった。スタイル抜群の女性たちばかりだ。

BGMはモーツァルトが流れている。なんとも品がいい。これ海の家？　って感じ。

客はまだいなかった。

「おはようございます。今日から隣で営業する北急食品の者です。ご挨拶に伺いました」

今度は夏彦が先陣を切る番だった。

「わざわざのご挨拶、恐縮です。私が当店の責任者です」

老紳士が奥から出てきた。

白髪に縁なし眼鏡。ブリティッシュブルーに縦縞のスーツを着込んでいる。ほんのわずかにのぞかせたホワイトシルクのポケットチーフが何とも小粋《こいき》だ。

湘南の海の家よりも、ロンドンの高級仕立て店の店主のほうが似合っていそうな雰囲気だ。

名刺を差し出してきた。

【㈱花吹雪化粧品　社長室顧問　四条正隆《しじょうまさたか》】

顧問なんだ。

「私は、現役の社員ではありません。五年前に退職し、社長の話し相手のような仕事をしております。ここは女性ばかりの職場ですから問題が起きないように、私のような老人が派遣されたわけで」

つまり六十五歳ぐらいだろうが、矍鑠《かくしゃく》としている。

夏彦と鈴木も名刺を差し出した。

「これ、うちが販売するカリフォルニアワインです。お口に合うかどうかわかりませんが、皆さんでどうぞ」

夏彦は紙袋を渡した。

「どうも、ありがたくいただきます。ご返礼になにか」

四条が、あたりを見わたした。

「とんでもありません。私どもの方が勝手に押し掛けてきただけですから」

「男性ふたりにアイスクリームというのもなんですし、ちょっと待ってくださいよ。いいものがあります。ここは日差しが強いですから」

四条が、ＯＦＦＩＣＥと書かれたドアに向かって、声をかけた。

「誰か、メンズの日焼け止めクリームを四個持ってきてください」

さすがは化粧品会社だ。四条が視線を戻しながら続ける。

「おふたり共、ひと月ほどこちらにいらっしゃるのでしょう。たっぷりご使用ください。足りないようでしたら、声をかけてください。お隣のよしみで、サンプル品として無料で融通しますよ」

「いや、恐縮です」

夏彦と鈴木は、気をつけの姿勢でお辞儀をした。

扉が開いて女性が出てきた。手提げ袋をふたつ持っている。自分たちが持ってきたような北急ストアの茶色の紙袋とは大違い。表面がコーティングされた白と赤の市松《いちまつ》模様の厚手の手提げ袋だ。

夏彦は、いかにも化粧品会社らしいゴージャスな手提げ袋を凝視していて、持参してきてくれた女性の顔を見ていなかった。

「！」

見上げた瞬間、夏彦は軽い立ち眩《くら》みを覚えた。

あぁあああああ。電車で会った彼女だ！

「店長、これでよろしいでしょうか。花吹雪ビスケットも一緒です」

四条に、手提げ袋を渡した彼女も、夏彦を認めて一瞬目を見開いた。だが何も言わなかった。冷静にＴＰＯを判断したようだ。

「彼女は、花吹雪レディの小島奈緒子《こじまなおこ》です」

四条が紹介してくれた。夏彦は慌てて名刺を出した。鈴木もつづいた。彼女は受け取り、夏彦の名刺をしげしげと眺めた。つまり身バレした、ということだ。

「初めまして、小島です。私たち、花吹雪レディは名刺を持っていませんので、申し訳ありません」

微笑しながら会釈する。湘南の風よりも、爽快な風が吹き抜けていくようだった。

あんぐりと口を開け、たたずむばかりの夏彦をフォローするように、鈴木が礼を言った。

「こちらこそ、かえってお気を遣わせてしまったようで申し訳ありません」

手提げ袋を受け取った夏彦は、微妙な心持ちのまま、店を後にした。

「いやぁ、老獪《ろうかい》な爺さんだ」

花吹雪パーラーを出ると鈴木が感心したように言った。

「老獪？」

夏彦は訊き返した。

「第一に、自分がお目付け役でいるんだから、うちのレディに手を付けるなよ、と釘を刺された。次に手土産は倍返しだ。借りは作らないという態度だ」

「なるほど」

と答えたものの、夏彦の頭は混乱したままだった。

まだチャンスがあるということか？　それとも天はもっと大きなダメージを与えようとしているのだろうか。

いずれにせよ、これから毎日顔を合わせることになる。

2

四日が過ぎた。

由比ヶ浜は、昨日から本格的な夏休みシーズンに突入した。

ビーチの砂が見えなくなってしまうほど人で埋め尽くされる様子というのを夏彦は初めて見た。

たちまち渚のナンパ合戦の火ぶたが切って落とされたのだ。

自分が学生だった頃とは次元が違っていた。あの頃は、男が必死に動いたものだが、いまは女も凄い。

きわどく切れ上がったビキニの女たちが、明け方から大挙して押し寄せてきて、ナンパしてくれとばかりに、シートの上で様々なポーズを取り始めるのだ。

昨日、夏彦は『寝たふりM字開脚』の女たちを盗み見しながら、一日中ビーチの様子を観察して歩いた
午前中は、駆け引きタイムなのか、女たちも、男に声をかけられてもすぐには動かない。スマホのアドレス交換だけだ。

その一方で、男たちは、シンドバッドのようにあちこちを飛び交い、手当たり次第に声をかけていく。

この動きは、夏彦の時代と異なり、ものすごく早い。男子も午前中はどれだけ声をかけるかということに集中しているのだ。この時間は質より量らしい。

午後になると女たちも積極的に動きだす。腰を振りながら、目当ての男たちのシートに転がり込んでいくのだ。

その時刻から、あちこちで酒盛りが始まる。女子グループと男子グループが合流してはまた次のグループへとシャッフルを繰りかえす。

ビーチが巨大な合コン会場と化していた。

サウス麦酒のビアガールたちも飛び回っている。サーバーを背負いながら、あちこちで売り歩いているのだ。

客の中にどんどん入っていく、大阪系らしい攻めの商法だ。しかもビールはよく売れていた。客が多い割には、ワインのほうはいまいち伸びていない。

店で、じっと客を待っている場合ではない。

夏彦はそう確信した。

花吹雪パーラーには行列が出来ていた。美形の花吹雪レディたちが販売しているので、ＯＬや女子大生の群れに混じって日ごろはアイスクリームなどに興味のない男たちも大勢並んでいる。奈緒子がビーチで、女性客に日焼け止めのサンプルを配っている姿も時々見かけた。

黄昏の時刻が迫ってくると、狂騒に一層拍車がかかった。

「はい、飲んで、飲んで、一気に飲んでっ」

あちこちのグループからそんな声が掛かり始めて、男も女もガンガンに飲み始めるのだ。

「はい、テキーラ、一気」

男が勧めると女も負けていない。

「ウォッカをぐいっといかなきゃ男じゃない、そーれそれ」

パリピ（パーリーピーポー）と呼ばれる連中たちの気勢が一気に上がる。

そして、ベロベロになった男女がからまり合いながら帰途に就くのだ。

あれなら、ビーチの帰りは間違いなくセックスだろう。

うらやましい限りだ。十年前にこの状況に出会っていたら、体験人数は倍になっていたことだろう。

昨日までのモニカの売れ行きは五百本だった。そのうち二百五十本が昨日だけで売れている。残り九千四百本。計算上は八月末まではいける見込みだが、雨が降ればアウトでもあった。

今日も似たような状況にあった。

午後三時過ぎから、夏彦はワインボトルとプラスチックグラスを載せたトレイを持って渚を歩くことにした。

ビールに負けずに売るために、こちらからも出向くことにしたのだ。鈴木も同じように出てくれた。

「テキーラはNGだけど、赤ワインなら飲むよ」

小さすぎるビキニのブラから乳首がはみ出しそうになっている二十歳《はたち》ぐらいの女子がいきなり手を上げた。可愛らしい子だった。

「おぉっ」

と男が歓声をあげて、いきなりボトル三本と言った。潮の目が変わった瞬間だった。

「なんで、テキーラNGなんだよ」

男がワインを注ぎながら訊いている。

「だって、それじゃ、ヤリマンみたいじゃない。ビーチでテキーラ一気を受けたら、『はい、私、やります』って言ってるみたいでヤダもん」

「じゃぁワインはやらないって意味かよ？」

「ばかっ、あからさまはヤダっていうだけじゃん。ジワジワ責めてよ。テキーラってさ、いきなりぶっこまれる感じで、ワインはおっぱいから丁寧に舐められる感じ」

女子は赤ワインを口に含みながら、いやらしい笑い方をした。気が付いているのか、いないのか。乳首がポロリとこぼれ出ている。

これだ！

夏彦は鈴木と詩織にこの事実をラインで知らせた。十分後、サンタモニカからトレイを抱えた従業員が大勢出てきた。昭和の映画に出てくる駅弁売りみたいだ。

この日だけで五百本が出た。これなら三週間ほどで売り切ることができる。

「食品さん。モニカ、残りの約九千本はシーズン中にいけると思います」

ストアの詩織が鈴木にそう言っていた。陽が落ちた後のテラスだ。

「石田、なんとか売り切ることができそうだな」

まるで逆転ホームランを打った気分だ。夏彦は、全力を尽くしますと伝えた。鈴木と詩織は帰っていった。夏彦はしばし今日の成功の余韻を楽しみたく、テラスのチェアに腰を降ろして波だけが白く見える暗くなった海を眺めた。

目の前を花吹雪パーラーの小島奈緒子が通った。モスグリーンの地に様々な花が散っているスリップワンピに大きめのトートバッグを提げている。トートバッグはいつもの黒革ではなく夏らしい編み上げだった。

これで麦わら帽子を被っていればまさに、アガサ・クリスティの小説に出てくる避暑地のお嬢さまのようだ。

この四日間、彼女のことは時折見かけたが、視線が合うということはなかった。

「あの」

渾身《こんしん》の勇気を奮って声をかけた。

「はい」

奈緒子がスローモーションで振り向いた。その顔はスポットライトが当たったように輝いて見える。

「覚えていますよね。僕のこと」

掠れる声を振り絞って聞いた。

「はっきりと覚えています」

奈緒子は、特に表情を変えなかった。夏彦は立ち上がり、テラスの前に寄った。

「会社の人間の前で言わないでくれて、ありがとうございます」

素直に謝る。

「言える訳ないですよ。ファスナーを開けていたのは、私のほうですから。もう恥ずかしくて……合わせる顔がありませんよ」

奈緒子の顔が真っ赤になった。唇をきゅっと結んだ表情が切なげに見える。

「でも、それをじっと見ていたのは、僕の方ですから。無神経過ぎました。さぞかし変態だと思ったでしょうね」

夏彦は、テラスを降りて、奈緒子の傍らに歩み寄った。

「はい。確かに電車の中で、石田さんの顔を見たときには、この人が開けたのかしらとか、痴漢なんじゃないかと思いました。何カ月も前から私のことを見ているから、変な人だと思っていました。ごめんなさい」

奈緒子が海のほうを向いたまま言う。ちょっとすまなそうな顔つきだ。

「そう思われても仕方がありませんよ。実際ストーカーみたいな目で見ていたんですから」

あの日以来、夏彦は意識的に三十分も早い電車に乗っていた。しばらく顔を合わせたくなかったからだ。

「でも、この四日間、石田さんのことを眺めていて、私の誤解だったと気づきました。石田さん、とても仕事に一生懸命で、ちゃんとした人だと思いました。ちなみにファスナーを開けていたのは、間違いなく私のせいです。あの日は寝坊していたんです。ですから誰のせいでもありません」

奈緒子の顔がさらに赤くなった。

「ちょっと海を見にいきませんか。あっ、でも小島さん、家、遠いんですよね」

「いえ、ここに派遣されている間は、葉山にある保養所に宿泊していますから、近いです。あっ、実家は浦安です。石田さんは、たぶん東陽町ですよね。いつもそこで乗ってこられていたから」

「俺、職住共に完バレしてますね。手出しできない」

夏彦はおどけて両手を上げた。

「手出しは、しないでくださいよ。四条さん怖いですよ」

奈緒子が両手で胸を覆うポーズをする。笑いながら波打ち際に向かった。さすがに人出は減ったが、それでもまだ花火に興じているグループもいた。海に向かってジェット花火を打ち上げているのだ。これが、案外迫力があった。

波打ち際に出た。海がきらきらと光っている。

「湘南の海がこんなに盛り上がっているとは思わなかった」

夏彦が、ぽつりと言う。

「江ノ島は、もっと凄いみたいです。毎日がお祭りだとか。怖いぐらいですね」

奈緒子がサンダルを脱ぎ捨てて裸足で波打ち際を歩いた。スカートの裾を持って、わざと波しぶきを立てるように、ステップを踏む姿が、まるで映画のワンシーンのように映る。

夏彦もスニーカーを脱いで続く。元よりハーフパンツだ、浜辺から花火が上がった、その方向を見た奈緒子の顔が凝然となっている。花火の光で横顔がくっきりと見えた。

「どうしたんですか？」

夏彦もそちらを向いた。

わわわっ。

歩いてきたときには、暗がりでよく見えなかったが、瞬間的にジェット花火に照らされた浜辺のあちこちに、男女が絡まり合っていた。

それぞれのシートの上。乳房をまさぐられたまま、男に背中を預けている女。星空に男根を突きあげて、しゃぶってもらっている男。堂々と正常位で、結合してしまっているカップルもいる。

奈緒子はそのカップルをじっと見て、唇を震わせている。誰かの名前を言ったようだ。

夏彦の心臓は高鳴った。誰だってこんな状況を見せつけられたら発情のスイッチが入ってしまう。股間が隆起した。

だが、いまは奈緒子が一緒だ。彼女に見られたら本当に変態だと思われてしまう。

「なんか、やばい景色ですね。戻りましょうか」

花火の連発が止まったところで、彼女の横顔にそう声をかけた。

「はい。でももう少しここにいましょう」

奈緒子はスリップワンピのまま砂浜に腰を降ろした。海に向かって体育座り。大きめのトートバッグを前に置いてスカートの奥が見えるのを防いでいる。とはいえ向こうから覗いているのは、波だけだ。波に奈緒子のパンツの色を聞いてみたい。などと思いながら、夏彦も腰を降ろす。勃起しているものを隠す手立てはない。股をしっかり閉じた。女子か、俺？

「いきなり座り込んで、どうかしたんですか？」

「同僚の晴香《はるか》ちゃんが後ろにいるんです。一緒に花吹雪レディをやっている山川《やまかわ》晴香ちゃん。私たちの背中から見て十一時の方向にいるんです」

奈緒子が顔を顰めた。

「声かけなくていいんですか？」

「……しちゃっているんです」

奈緒子の頬は真っ赤だ。

「えっ？」

ひょっとしてあの正常位で突っ込まれて男の背中に足を絡めている子か？　さっき一瞬見た光景を思い出す。それだけで夏彦の股間はさらに大きく膨らんだ。

「まったく、昼も夜も凄すぎますよね。今どきの若者は」

夏彦は気持ちを切り替えるために咳ばらいをした。すると奈緒子が、ぷっ、と笑う。

「石田さん、いったいいくつなんですか。いまどきの若者なんて、おじさん臭いですよ」

「いやいや、二十九歳です。まだ俺もいまどきの若者ですよね」

「私は二十七です。後ろの晴香ちゃんも同じ年です。年齢じゃなくて性格の問題だと思います」

「奈緒子さんは、ビーチでなんて絶対しないですよね」

「本当に好きな人とならするかもしれません。でも経験ないですね」

「どんな男性が好きなんですか」

なんとなく口説きモードに入っている自分がいる。

「それが、わからないですよ」

奈緒子は困惑ぎみの顔になった。

「当然、付き合っている人とかいますよね」

思い切って、聞いてみる。

「それは言えません」

跳ね返された。

「失礼しました」

「石田さんはいるんでしょう?」

「今年に入ってからはいません。前の彼女とは平成の終わりに別れました」

「ほんと?」

奈緒子がこちらを向いた。月明かりに瞳だけがやけにはっきり見えた。強い眼差しだった。

「ほんとうです。奈緒子さんを電車で見かけたのはちょうどその頃です。それでビビと来ちゃいました。好きな人をじっといつまでも見てしまうのは、小学生のころからの癖です。だけど朝の電車で『好きですから』とは言えませんよね」

何のことはない、告白してしまった。

「そんなこと、急に言われても」

奈緒子が、前に向きなおった。肩が触れる。波の音が急に大きくなった気がする。

奈緒子の肩がやけに熱く感じられた。

「あっ、無理だってわかっていますから『ごめんなさい』って言ってくれてかまいません。そうそう月曜九時のドラマみたいなことはないと思っていますから」

「いえ、それも急に言われても困ります」

奈緒子が毅然と言う。

これって脈ありか？

3

三十分ほど語り合っているうちに、闇は深まり周囲の喘ぎ声が大きくなってきた。喘ぎ声を紛らわせるために、喋りまくっていたのだが、夏彦としてもたまらない気分になってきた。

いますぐ身体の関係を持ちたいわけではない。だが、逆に言えば、今しかその入り口を作るチャンスはない気もした。

彼女は自分から求めない限り、決して自分から接近してくることはないだろう。

石田夏彦、人生で最大の勇気を奮って、奈緒子の肩を抱き寄せてみた。

華奢《きやしや》な肩に、指が触れたとたんに、奈緒子の上半身がビクンと震えた。

波の音が、ザザーッと高まる。いやそんな気がしただけだ。とんでもなく現実性を失っている自分がいる。

肩をぐっと引き寄せる。

「あんっ」

奈緒子がなにか言いたげに、夏彦のほうを向いた。双眸がとろんとなっている。少なからず彼女も周囲の淫気に当てられているのは間違いない。

ここしかチャンスはない。そんな気がする。ここを逃すと、明日からは普通の関係、いや逆によそよそしい関係になってしまいそうな気配だ。

奈緒子の顔に、夏彦は自分の顔を重ねた。

突き飛ばされるか？　張り倒されるか？

ええい。覚悟のキスだ。

「んんんん」

奈緒子の眉間に皺《しわ》が寄る。

だが無理やり重ねた唇は、とても柔らかで、ほんの少し開いていた。舌を差し出し、侵入させる。奈緒子の舌がどこかに逃げていく。必死に探した。高校一年生の初体験のときに戻った気分だ。あのときの相手は音楽の綾乃《あやの》先生だった。

「はうっ、んんっ」

綾乃先生は、簡単に舌を絡め返してきたが、奈緒子の舌は奥で丸められてしまっているのか、伸ばしても、伸ばしても触れられない。

息が詰まり、あきらめようとした瞬間、ちゅるんっ、と奈緒子の舌が触れてきた。すかさず絡める。

「はうぅう」

奈緒子は、何度も瞬《まばた》きをしたが、そのまま舌を絡め、唾液を交換すると、あきらめたように目を閉じた。

ＯＫサインと受け止めた。

そのまま、両手で背中を抱きしめて、彼女の舌をまさぐった。息継ぎをしても決して唇を離さなかった。彼女の舌も次第に夏彦にこたえるかのように、動き出した。

「うぅうん」

「はふっ」

何度も唾液を飲んだ。三分ぐらい舌を絡めて、ようやく唇を解いた。

奈緒子は、苦しかったと言わんばかりに、大きく息を吸った。目を丸くしたまま、胸を弾《はず》ませている。

「い、石田さん……」

彼女は何か言おうとしたが、夏彦はまた唇を重ねた。この唇と舌が美味《おい》しくて、たまらなかった。

びちょびちょに濡れたままの唇を重ね合わせて、再び舌を挿し込むと、さっきよりもあっさり彼女も舌を絡ませてきた。涎の粘り気が増えたような気がする。

一度目の時は小魚が跳ね合うような感じだったが、今度は蛇が絡み合うような舌の動きになった。奈緒子も徐々に舌を動かし始めたのだ。

背中を強く抱いた。奈緒子の上半身が反り返った。社交ダンスで踊りながら女性が下になり男は覆いかぶさるようなポーズだ。なんの踊りなのかはわからない。たぶんタンゴ。

そのまま奈緒子の後頭部を支えながら、唇と舌を貪りあった。舌だけではなく、口蓋、歯茎まで舐めまわす。奈緒子の両手も夏彦の背中に回されている。

「んんんっ」

奈緒子が小さく喘ぎ声を上げる。

「ふはっ」

セックスしているよりもエロティックな気分になってきた。

夏彦の胸板に奈緒子のバストが当たった。巨乳というほどではないが、量感がズシリと感じられる。弾力があった。盛り上がりの奥から微熱が感じられた。

舌を絡め合ったまま、ワンピの上からバストに触れてみた。

「んんんっ」

奈緒子の小さな拳が、夏彦の背中を叩く。抗議の拳だが、その力が弱かった。しっかりと彼女の舌を吸い上げながら、素早くワンピの前ボタンを三個開けた。

ワンピの内側から、熱気を帯びたコロンの香りが漂ってきた。バニラ系のような甘い香りだ。

三番目のボタンを開けたときに、背中を叩く拳が盛大になったが、ここで引いたら、逆に収拾がつかなくなると思い、手のひらを挿し込んだ。シャンパンホワイトのブラジャーの感触はとてつもなく柔らかかった。たぶんシルク。

ブラの上からバストを撫でまわすと、奈緒子は足をばたつかせた。抗議の意味だと思う。ワンピの裾が捲れあがり、ブラと同色のパンティが覗けた。細身に見えたが、太腿からヒップはむっちりとしている。ノーマルカットのパンティだが、ぴっちり尻に張り付いているように見えた。

いやっ、というように奈緒子が顔を左右に振りながら捲れあがったワンピの裾に、手を伸ばす。

その隙に夏彦は、ブラカップの裏側に手のひらを滑り込ませた。左乳房だった。

弾力のある触り心地だった。すべすべとしている。手のひらの中央にぽちっと乳首が当たる。小さいが、硬い。こりっ、こりっ、としていた。

触りたい。

そう思い、人差し指と親指で、その頂《いただき》をぷちっと摘まみ上げたとき、奈緒子が大きく身体を捻った。

「だめっ、これ以上は絶対だめです。早すぎます」

奈緒子が早口でしゃべった。顔に羞恥の色を浮かべている。夏彦もここまでだ、と観念した。

「ごめんっ。夢中になりすぎた」

「ごめんなさい。私、まだ石田さんのこと全然知りません。身体だけ先行しちゃうの、おかしいと思います」

少し尖った瞳をしていた。言いながら奈緒子は、ブラカップの位置を正し、ワンピのボタンを留めた。そのしぐさも凛《りん》としていた。

「嫌われたかな？」

夏彦は恐る恐る聞いた。

「その言い方も卑怯です。いきなりキスされて、胸とか触られたら、普通に驚きますよ。嫌いとか好きとか、そんなに簡単に決められないです。わたしにも事情があります」

ひどく混乱しているような言い方だった。これまで自分が付き合ってきた女たちとは明らかに違う。

「いや、本当にすまなかった。俺が男の本能だけで暴走してしまった。謝る」

夏彦は頭を下げた。謝ってばかりだ。

「そうやってきちんと謝る石田さんは嫌いじゃありません。だから明日からも普通に接してください。ぎくしゃくしたくはありません」

そう言って奈緒子は立ち上がった。

「わかった。明日も一緒に頑張ろう」

振り返ると、またジェット花火が上がった。あちこちで男女が絡まり合っている様子がフラッシュアップされて見える。

そんな中で、奈緒子だけが清々しく見えた。

第四章　め組の女《ひと》

1

午後四時だった。
「ビキニ姿で、日焼け止めクリームのサンプルを配る？」
葉山マリーナのすぐ近くにある老舗カフェ。
海に面した位置にある葉山を代表するフレンチレストランの一階にある。
奈緒子とふたりで窓辺の席で、お茶していた。
斜め前方に江ノ島が滲んで見える。
土砂降りだ。
そのためビーチに人影はなく、サンタモニカも花吹雪パーラーも、午後二時で、クローズしてしまった。

土砂降りでも張り切って営業しているのはサウス麦酒ぐらいだ。

そんなわけで、夏彦は奈緒子と連れだって、カフェに来ていたのだ。

あれから三日経った。ふたりの関係は普通だ。ビーチで顔を合わせれば、ハイタッチしたり、しばし愚痴を言い合ったりする。そんな関係だ。

あれ以来、なにもない。

だけれども、男と女の関係は不思議だ。

一度でもキスをして、しかも舌を絡め合い、生バストまで触った関係というのは、身体だけではなく心も急接近させるものだ。

妙な言い方だが、やってもいないのにやった関係に近い。

その証拠にあれ以来ふたりはタメ口になった。

「そうなの。四条さんは、花吹雪の品位を落とすだけだって、反対してくれたんだけど、彼がね」

奈緒子はミントティーをストローですすった。白のコットンブラウスにベージュのチノ。腕にミサンガを巻いている。

「彼って？」

「御曹司《おんぞうし》」

「花吹雪化粧品の？」

夏彦のほうは、ラガーシャツに白のハーフパンツ。カフェには入れても、ドレスコードのある二階の正統派フレンチレストランには入店できない格好だ。

「そう。やっかみだわ」

奈緒子は雨に煙る海を眺めながら言った。独りごちるような言い方だ。

「やっかみ？」

夏彦は訊きなおした。奈緒子はそれには答えず、海を見つめたままだった。閉店後何度か一緒に鎌倉駅まで歩いたが、奈緒子はふとした拍子に黙り込み、憂いのある目で遠くを見つめるのだ。

「ワインは順調に売れているの？」

視線を夏彦に戻した奈緒子が話題を変えた。

「おかげさまで順調だ。一日五百本ペースとはいかないけれど、四百本は必ず出る」

モニカの処理についてはほぼ先行きが見えていた。そして市場開発部に飛ばされても、やるべきことが見えてきている。

市場開発とは、つまり今回のような戦略を打ち立てるということだ。ルートセールスだけではない新しい販路の開拓。とりもなおさずそれは、企画力を養うということだ。仕事上で、夏彦は新たな意欲を持つことになった。

やはり、あのとき辞表など出さなくてよかった。世の中、ぎりぎりのところでどう転がるかわからないものだ。

「そっちは？」

「アイスクリームは昨年以上の売り上げみたい。でもうちの狙いは、あくまでも日焼け止めクリームの浸透。もっともっとサンプルを配って、購買意欲を掻き立てたい、と。でも私、それって海に来る人にあまり効果ないんじゃないかって思う。日焼けを気にする人は本来、海に来てビキニになったりしないもの」

的を射ている気がする。

いま海で騒いでいる客たちは、とにかく酒盛りとナンパが目的。肌を晒すことに命を燃やしているような連中だ。日焼け止めクリームは……と思ったとき、閃《ひらめ》いた。

「ナンパ目的の男たちに、どんどん渡すんだよ。『塗ってあげます』用に」

「それいいかもっ。効果が出たら、男子たちがどんどん本商品を購入に来るわ」

「女子にとっても、ちゃんとした花吹雪の商品なら『塗ってもらってもいいかも』になるんじゃないかな」

「あり得るっ」

話が弾んだところで、夏彦は切り出した。

「今日は、たまたま偶然、半休になったけれど、よければ来週でも休暇日を揃えて横須賀にでも出かけてみないか。海はどこも混雑だから、町がいいよ。俺、車借りてくるから」

ちゃんとしたデートの申し込みだ。なぜだか胸が震えた。こんな気持ち、久しぶりだ。理由は簡単だ。これはナンパじゃないから、だ。

「ひとつ聞いてもいい？」

奈緒子の瞳が光った。二十七歳。やけに澄んだ瞳だ。彼女のこの瞳に恋している。

「なんだよ？」

「私の事情も言わないで、こっちだけ聞くのって、ルール違反だと思うけど、夏彦さん、いまは本当に彼女いませんか？」

じっと目を据えて言われた。

「い、いないよ」

本当のことなのに、なぜか口ごもる。雨音が強くなる。外は嵐。気持ちも高ぶっている。

「だったら、私、デートします。たぶん来週の水曜か木曜日、どちらか休みがとれると思う」

奈緒子がきっぱり言った。

「俺は、どっちでも合わせられるよ。俺と鈴木さんは直接販売にタッチしているわけじゃないから、どうにでもなる」

サンタモニカの販売はすでに軌道に乗っている。下手に口出しなどせず、北急ストアのスタッフに任せた方が確実だというものだ。

そのままふたりでワインを飲んだ。

雨雲のせいで、夕方五時前だというのに、暗くなり出した。

「夏彦、ここにいたんだぁ」

突如、聞き覚えのある女の声がした。その方向を向くと、ピチピチのTシャツにブルージーンズの小股が切れ上がったショーパンを穿いた黒木淳子が立っていた。元カノの淳子だ。むっちりとした身体のラインがすべて見えている。

間が悪い。

咄嗟にそう思ったが、淳子は、今回の逆転劇の恩人である。無下《むげ》には出来ない。

「どうしたんだよ、ひとり？」

「ううん、食品の西川亜希ちゃんと、鈴木さんが一緒。いま車から降りてくるよ」

西川亜希？　専務秘書か。

今回の始まりは、そもそもあの女の角オナニーから始まったことなのだ。よりによって、やった女がふたりも集結してくるとは何ごとだ？

「黒木と西川って知り合いだったの？」

「うん、金岡専務を通じてね」

淳子が意味ありげに笑う。ひょっとして、この女、金岡専務ともやっている？

「それにしても奇遇だね。三人揃って、ここにやって来るんなんて……こちらは、花吹雪化粧品の小島さん」

夏彦は、奈緒子を淳子に紹介した。

これから本格的交際に入ろうとする女性を元カノに紹介するのは、微妙な気分だ。しかも淳子とは先日、再会セックスをしたばかりの間柄だ。夏彦の背中に、嫌な感じの汗が流れた。

「初めまして、小島です」

奈緒子は立ち上がって挨拶した。このふたりは同い年だが、奈緒子のほうが淑《しと》やかな姉に見える。淳子はやんちゃな妹。

「あらま、淳子さんの勘、凄い。石田さん、ほんとここにいたわね」

今度は西川亜希の声だ。ロイヤルブルーのワンピースに白のサマーカーディガン。亜希はふたりの一個下。だが、専務秘書の貫禄からか、ふたりよりも大人びて見える。新たな恋が芽生《めば》えそうな局面に、いきなりやった女がふたりもやって来てしまった。しかもこのふたりが夏彦との関係を打ち明けあっているのかどうかも定かではない。奈緒子は亜希にも挨拶をした。亜希は、軽く受け流している風だ。いちおう、現時点の婚約者は亜希なのだから当然といえば当然だった。

これ超ややこしい。

「ってことは、俺のこと探していた?」

夏彦は亜希に訊いた。

「こういうカフェ、石田さん好きなんだよねぇって。あわよくば出会えるかもって」

亜希がエントランスのほうを振り向いた。鈴木の姿はまだない。トイレに寄っているようだ。

「私たちは、今日、由比ヶ浜へ行こうって、約束していたのよ。夏彦を驚かそうと思ってさ」

淳子がまた意味深な言い方をする。夏彦としては、このふたりの登場を奈緒子がどう思っているのか、気になってしょうがない。

「ところが鎌倉駅に着いたら、この雨でしょう。まいったなぁって思っていたところに、車に乗った鈴木さんに出くわしたの。それで海岸通りをドライブ」

亜希が笑った。車というのはたぶん北急ストア南鎌倉店のライトバンだ。と、そこにハンカチで手を拭きながら鈴木が現れた。

「いやいや、本当に黒木の勘はすげぇな。本当にここに石田がいた」

鈴木は、淳子が元カノだったことを知る人物だ。いや、まずいっ。これはまずいっ。

夏彦は鈴木に何度か目配せした。

が、鈴木は、さりげなく奈緒子に会釈をして、厳しい視線を夏彦に返してきた。

その眼は、おそらく花吹雪レディに手を出すんじゃないぞ、と言っているのだ。挨拶をしに行った時、花吹雪パーラーの責任者四条正隆からさりげなく釘を刺されたことを、同じ責任者として、鈴木は重く受け止めているのだ。

実は、夏彦も気にはしていた。だが、自分には「これはナンパではない」という確信があった。恋愛だ。そして、きちんと手順を踏んで成就させようとしている。恋愛ならば何人《なんぴと》とて阻止できるものではないだろう。

「一緒に、座ってもいいかな」

淳子が奈緒子を向いて言う。少し挑戦的な言い方だ。

「どうぞ」

奈緒子は普通に笑っている。

淳子、亜希、鈴木が合流する形で、席に着いた。

夏彦と奈緒子は差し向かい。

夏彦の横に淳子。奈緒子の横に鈴木。四人掛けテーブルに椅子を足してもらい、俗にお誕生日席と呼ばれる位置に亜希が腰を下ろした。

車で来ている鈴木以外はワインを飲み始めた。鈴木が勘定を待つと言い出して、コブサラダや、ソーセージの盛り合わせ、真鯛のポワレなんかを注文した。ちょっとした宴だ。

悪い予感がした。

ひょっとしてこれは鈴木が花吹雪レディとの交際を邪魔するためにあえてこのふたりを連れてきたのではないか？　そうすれば、淳子が、自分のいそうな場所を探り当て、連絡もせずにやって来た理由がわかる。

案の定、三十分ほどしたところから、淳子がやたらべたべたしてきた。やんちゃだが本来はＴＰＯを弁《わきま》えている女だ。それなのに、夏彦に寄り掛かったり、太腿の上を擦ったりしてくる。

夏彦、夏彦、とやたら呼び捨てにしてくるのも勘弁してほしいが、とにかく無下には出来ない。

さんざんやった関係にあるのだから、夏彦のウィークポイントはよく知っている。亜希は亜希で、夏彦のグラスにどんどんワインを注ぎ足してくるのだ。

逆に、鈴木は奈緒子にしきりに話し掛けている。店の運営方法など堅い話だ。夏彦と会話をする隙間を作らない。

「夏彦ぉ、もっと飲んでよぉ。連日お疲れなんでしょう」

淳子がしなだれかかってきた。脇乳を押し付けてくる。

「いやいや、ちょっと黒木、酔いすぎだぞ」

夏彦は肩で押し返した。

「何よ。なんで淳子って呼ばないのよぉ」

目がトロンとしている。マジで酔っているのか、それとも演技なのか？

そうこうしていると、亜希がねっとりとした視線を送ってきた。フォークに刺したポークソーセージを唇に咥え、出し入れしたかと思うと、突如、舌を絡めたりする。明らかにフェラチオを連想させる仕草だ。それも鈴木のほうはちらりとも見ず、視線は一直線に夏彦に向けられているのだ。

「そんな舐め方するの……」

止めろよ、と言おうとしたが、亜希の顔に焦点が合わなくなってきた。ここにきて、ピッチを上げて飲んでいたワインがどっぷり効いてきているのだ。テーブルの下で、淳子の手がすっと股間に伸びてくる。半勃《はんだ》ち状態の亀頭のあたりを擽《くすぐ》られた。

あふっ。気持ちいい。

と目を細めた時だった。目の前で、奈緒子がゆっくり腰を上げた。

「申し訳ありません。私、そろそろ宿舎に帰らないと……」

夏彦のほうを見向きもせずにそう言った。

「それでは、僕が車で送りましょう。四条さんがいらしたら、きちんと送り届けたと申し上げたい」

すかさず、鈴木も立ち上がった。夏彦は狼狽《うろた》えた。

「いや、あのっ、俺が……その」

「夏彦は、もうべろべろなんだからしょうがないでしょ」

立ち上がろうとする肩を淳子に押さえつけられる。

「鈴木さん、申し訳ありませんが、お願いいたします」

奈緒子は、夏彦を一瞥《いちべつ》するとさっさと出ていってしまった。

「ちょっと、淳子さぁ。これどういうことよ？　俺、なんか過ち犯している？」

奈緒子が消えたので、淳子と呼び捨てにした。

「過ちだらけ。このスケベがっ」

淳子に、人差し指でぎゅっと亀頭を押された。わっ、感じる。

「淳子お姉さん、タクシー呼ぶわね」

亜希がレジに進み、タクシーの手配を依頼した。なんだか女ふたりに拉致されるような気配だ。

2

タクシーに乗り込むなり、両サイドに座る淳子と亜希に交互にベロチューされた。

「な、なんなんだよ」

「折檻《せっかん》」

淳子が言った。

「なんで、俺が？」

「理由はあとで、とにかくお仕置きっ」

交互にバストを押し付けて、夏彦の頬を両手で挟んでは舌を絡ませてくる。右を向いたり、左を向かされたり忙しい。

奥から淳子、夏彦、亜希の順で座っている。

タクシーは雨に煙る県道を横須賀に向かって疾走していた。

淳子がキスしている間は、亜希がハーフパンツの上から、股間を撫でまわしてくる。それも耳朶《みみたぶ》を舐めながらだ。

「ややや……」

やめろ、よ、とは言えなかった。気持ちよすぎた。

雨脚はさらに強くなっている。しかも大粒の雨のようだった。ルーフを叩く雨音が激しさを増し、ワイパーはフル回転している。

タクシー運転手はステアリングを握りしめ、やや前のめりながらアクセルとブレーキを交互に踏んでいた。

「俺をどこへ連れて行くんだ？」

「ホテル」

淳子がきっぱりと言った。舌をベロベロ絡ませながらだ。なんだか乱交している気分になってきて、どうせなら、と夏彦も淳子のショートパンツの脇から指を挿し込んだ。裾が、ほとんど太腿の付け根まで切れ上がっているので、人差し指を滑り込ませると、なんなくパンティクロッチに到達してしまった。

淳子が膝を少し持ち上げて、股間を触りやすくしてくれる。一人まんぐり返しみたいだ。マン面が上を向く。触りやすい。

クロッチが狭い。しかもぐっしょり濡れて紐状になってしまっているようだ。

さらにクロッチの裏側に指を進めると、ぬるっとした肉襞に触れた。分け入るように奥へ進める。肉丘を割ると、くちゅっと音が鳴った。

「んんっ」

キスをしながら、淳子は首に筋を浮かべる。

その時、すっと夏彦のハーフパンツのファスナーが下ろされた。えっ？

亜希だった。するするとハーフパンツの前扉から手を突っ込んでくる。夏彦は、思わずルームミラーを直視した。運転手の視線は前方に釘付けになっている。前の車から跳ね上がる水飛沫《しぶき》が半端《はんぱ》ないのだ。

それを承知で、亜希が手を差し込んできているのだ。ボクサーパンツの前からとうとう肉槍を取り出してしまう。

タクシーの後部座席で男の象徴フル露出。いやいやいや。無茶はやめてくれ。

亜希が自分の脇に置いていた大型バッグを、夏彦の膝の上に置いた。とりあえず運転手がルームミラーを覗いても、肉槍は見えないだろう。ほんの少しだけ、安堵する。

それも束の間、亜希がこっそり手のひらに唾液を落とし、しこしこ肉棹を擦り立ててきた。

嘘、ここでそれやりますか。

しゅっ、しゅっ、とバッグの裏側で擦り立ててくる。

酔って眠いし、気持ちいいし、夏彦はがっくりと後頭部を倒し、目を瞑った。クラブのVIPルームでナンパされている女みたいだ。

「ううう」

軽く喘ぎ声を漏らす。淳子が、ぎゅっと膣壺を窄めた。捏《こ》ねて、という催促だ。

亜希の手筒の上下運動のリズムに合わせて、夏彦も指をズボズボと抽送させた。

「あぁぁ」

淳子が呻く。

亜希↓夏彦↓淳子の順で、淫擦のリズムが伝播《でんぱ》されていく。

「はふっ」

と、夏彦が呻くと、

「ぬはっ」

と、淳子が首を振る。

ふと、亜希はどうしているかと薄目を開けて左側を覗くと、必死に太腿を擦り合わせている。左右の内腿で肉襞を寄せてクリトリスを圧迫しているのだ。通称寄せマン。まったくもって角マンだの寄せマンだの、さまざまなオナニーテクニックを駆使する女だ。

「こらっ」

と小声で囁き、夏彦は、亜希のワンピースの中にも手を潜り込ませた。太腿の間は炬燵《こたつ》の中のようにぬくもっている。むっちりした内腿を押し分け、指先をパンティの生地へと到達させる。指腹を上にし、カモン、カモンとやるように股布を擦ると、亜希もあっさり股を大きく拡《ひろ》げた。

股布の脇から指を潜り込ませる。ヌルヌルとしていた。大陰唇の合わせ目から、飛び出しているマメをチョンと押してやる。

亜希が、はっと息を飲み、空いてる方の手で夏彦の手首を押さえ込んできた。耳もとで呻くように言う。

「マメはだめですよ。わたし、じっとしていられなくなって暴れちゃいますから。運転手さんに気づかれるのはまずいでしょう」

切なげに、眉間に皺を寄せている。股は拡げたまま、だ。どんだけクリトリスが好きなんだ、と感心しながら、じゃあ、孔ならいいのだな、と指をさらに伸ばしていく。座っている女のマン面は真下にある。淳子のように、浮かせてくれないと前からではなかなか穴に届かない。

「後ろから……」

亜希が声を潜めてそう言うなり、ワンピースの背後をさっと捲り上げた。その手があったか。

夏彦は、すぐに腕を入れ替え、バックサイドから指を潜り込ませた。手首の上に巨大なヒップがゴンと乗った。股布はすでに脇に寄せてある。立てた人差し指で秘穴に突っ込んだ。この際、中指も重ねて放り込む。

「あっ」

亜希がかっと目を見開き、唇をアヒルのように開いた。

二本の指をずっぽり奥まで挿し込まれた状態で、ヒップをゆっくり回転させ始めた。夏彦が指を動かす必要はなかった。

その身体を支えるように、夏彦の肉槍を握りしめている。

指マン騎乗位って、すごくね？

ずちゅ、ずちゅっ、と左右から卑猥な音が鳴る。

雨音で、運転手には聞えないが、明らかに女の発情臭が、車内に充満し始めていた。

夏の香りに似たむわむわとした匂いだ。

夏彦は、右の人差し指で淳子の秘孔を掻きまわし、左手の二本指は亜希の肉層に擦り立てられていた。

亜希には手でしごかれ、淳子には、ベロチューをされたままだ。

車内、指3P。

もう、どこへでも連れて行ってくれ。

タクシーが左に曲がった。大きなカーブだった。後輪がやや滑り気味になる。三人が遠心力によって左に倒れ込む。

淳子にインサートしている指も大きく傾《かし》ぐ。

「わわぁ、そこ、拡げないでっ」

淳子の孔が横に大きく口を開ける。

「それより、亜希、よじるなっ」

肉棹がぐぃ〜んと、横に倒される。おぉおっと根元が折れそうだ。はう〜ん。

車が直線に戻る。

反動で今度は右に倒れる。わわわっ。

運転手、こっちの状況を悟っていて、わざと大きくステアリングを切っているんじゃねぇか？

そう思いたくなるような、後輪の振り方だった。

前方の車がまき散らす水飛沫がどんどん大きくなった。ざぶん、ざぶんとタクシーのフロントガラスに跳ねてくる。それを見て淳子がボソッと言う。

「このタクシー、ずっと顔射されているみたい」

違うだろうよ。

亜希もそっと耳元に唇を近づけてきた。悪女の囁きだった。

「対抗して、石田さんも、しぶいちゃいませんか？」

手筒の速度を急に速めている。雨飛沫と戦ってどうする？

「対抗する意味ないってばっ」

「私、フロントガラス見ていると、こっちからもしぶかせたくなる」

妙な発想の女だ。

「バッグにかかるぞ」

「平気」

しゅ、しゅ、しゅ、しゅ、と上下運動が速くなる。

「亜希ちゃん、私もやる」

淳子の手が加わった。亜希が根元から胴部を、淳子が鰓から上を撫でまわしてくる。異次元の快感が肉茎全体に走る。たまったものではない。

「おうぅ」

夏彦はシートの上で反り返った。一気に精汁の波が睾丸から棹を伝って亀頭の尖端までこみ上げてきた。

雨に煙る道路を疾走するタクシーの中、ダブル手淫で攻め立てられるのだから、もうたまらない。しかも自分の両手の指は、ふたりの蜜壺に入ったままだ。

しゅしゅしゅ。ズボズボズボ。この際、死んでもいいかな、と思考が退廃の極みへと進む。

とどめを刺すように右隣の淳子が、ポロシャツの上から、右の乳首を爪で掻いてきた。カリッ、カリッとやられる。

んがががが。

夏彦が、手扱きと乳首責めの合わせ技にとても弱いことを知っての上での攻撃だ。亀頭が爆発寸前になった。パンパンに膨らんだ風船に、なおかつ空気を送っているような状態だった。

「あうぅうう、出る」

太腿をぶるぶるふるわせながら、夏彦は呻いた。なのに、

「堪えた方が、インパクトが大きいですよ」

左から亜希が唆《そその》かしてくる。オナニー好きならではの見解だ。きっと彼女は、ぎりぎりまで我慢して、最高潮で果てる癖がついているのだろう。だったら手の動きを少しは緩めろよ、と言いたいのだが、しごきは最速になっている。亀頭の先が真っ二つに割れるような錯覚を覚えた。

「いや、限界、出る、出るっ」

尻をもぞもぞと動かす。そのときフロントガラスに、これまで以上に大きな飛沫がかかった。対向車線の大型トラックのすれ違いざまの飛沫だ。波のようにザブンときた。一瞬フロンドガラスと右のサイドウインドウが何も見えなくなった。運転手がたまらず急ブレーキを踏む。

「ふがっ」

その衝撃で、夏彦は一気に淫爆を起こした。ドカンと噴き上げる。頭の中に金色、銀色、オレンジ色、青色の花火が次々に上がる。

「ひゃっ、熱いっ」

亀頭の上に手の平をあてがっていた淳子が小さな悲鳴を上げた。多分、その手は、片栗粉を掬《すく》ったようにドロドロになっている。

タクシーは急停止したが、追突されることもなく、トラックが行き過ぎると、再び発進した。

夏彦はそのまま、どぴゅっ、どぴゅっ、と白粘液を噴き上げながら、呆然と流れる風景を眺めた。

タクシーは横須賀の町の中に入っている。在日米軍横須賀基地が近いせいか、町のいたるところに大柄な外国人たちが歩いている。

精汁を吐き出すと、脳がすっきりして酔いも醒めてきた。

「で、俺が何をしたというんだ？」

淳子のほうを向いて言った。

「その前に、指、抜いてくれない？」

「あぁ、挿しっぱなしだった」

すぽっ、と抜くと人差し指は長いこと、とろ蜜に浸かりすぎていたせいか、すっかりふやけていた。

亜希のほうを向くと、

「私は、降りるまでこのままでいい」

と言う。女も人それぞれだ。

マン挿しさせたままの亜希が、スマホを見ながら、運転手に、右とか左とか指図《さしず》をしている。検索サイトを活用しているようだ。

「あった、あそこの『私をラブホに連れてって』よ。運転手さんあのスキーのマークのホテルの前で停めてくださいっ」

亜希が華やいだ声を上げた。まんちょの中はドロドロに溶けている。

いかしたネーミングのホテルだ。だが、連れ込まれるのは俺の方だぜ。

3

「まずは、なんで俺がふたりに拉致されなきゃならないんだ？」

模造暖炉が赤々と燃えているログハウス風の部屋に入るなり、夏彦は淳子に訊いた。

壁には額に入った水彩画がいくつも飾られている。スキー場のゲレンデの絵だ。

真夏とは正反対のイメージの部屋ではある。

「これねぇ、素面《しらふ》じゃ話しづらい案件なのよ」

と淳子が、バスルームを指さす。亜希が先回りをしてバスタブの湯を張っている。

「いや、裸になる前に、話だろう」

「いや、シリアスな話だから、イチャイチャしながら話した方がいいよ」

「意味わかんねぇ」

「お姉さん、お湯入りました。ローションも完備していますよぉ」

バスルームから亜希の声がする。

「どうでもいいけど、なんでうちの専務秘書が、百貨店のおまえを姉さんと呼ぶんだ？」

「だって夏彦と先にやったの私じゃん。亜希ちゃん、すぐに白状したわよ。やんごとなき事情で、やっちゃいましたって」

「まぁふたりが一緒に来た時点で、バレているとは思っていたけど。西川って、専務ともデキているんじゃないのか？」

「それはないよ。金岡専務とデキているのは私」

「はい？」

「安心して。夏彦がお兄さんだから。それ話したら、専務は亜希ちゃんには絶対手を付けないって。両方に関して弟になるのは嫌だって」

「おまえ、言っちゃたの？」

「ちゃんとした元彼なんだからいいじゃない。隠し立てすることじゃないわ」

「隠し立てしてくれよ」

「亜希ちゃんとやっているところを目撃されて、隠し立てもないもんだわ」

淳子がピチピチのTシャツを懸命に脱ぎ始めた。ぴちっとし過ぎていて、なかなか脱げないみたいだ。仕方がないので、手を貸す。俺、なにやってんだろう？

「はい、バンザイして」

Tシャツの袖を天井に向けて引っ張り上げてやる。むむむ。淳子の顔が隠れた。どうにか丸首が頭から抜ける。

「だいたい、夏彦と亜希ちゃんは、いま婚約者なんでしょう、たとえ表面上でもさ」

「そこまで知っているのかよ」

「だから、まずいでしょうって言ってんのよ。そこらへんもクリアせずに、花吹雪レディに手を出すっていうのは」

淳子がショーパンのホックを外した。ヒップを揺すりながら脱いでいく。

「いや、まだ手を出してないから」

「出す前に、止めに入ったわけよ。いろいろややこしい事情があるからさ」

「彼女……花吹雪の奈緒子ちゃんに何か事情が？」

「はい、そこから先は、バスルームで」

淳子がショーパンを脱ぎ終わって、バイオレットのブラとハイレグパンティ姿になった。

「亜希ちゃ〜ん。あんたの婚約者の服、脱がせていい？」

「どうぞぉ。でも、おちんちんとかは触らないでくださいね。今は、優先権一位は私ですから」

「飽きるほど、擦り合ったちんちんだから、もういいっ」

ふたりで掛け合いをやっている。

「ひとりで脱げるから」

夏彦は、ぱっぱと脱いで、真っ裸になった。バスルームに向かう。

「どうぞぉ〜、ダーリン。さっきは遠慮してダーリンと呼ぶのは控えたんだからね」

亜希が湯に浸かっている。頭にシャワーキャップを被っているのが、なんともかわいらしい。

着衣のまま、バックから挿入してしまった間柄だが、共に裸を見るのは初めてだった。

バスタブは円形で四、五人は入れそうな広さだ。ラブホテルだが、バスルームとベッドに関してだけ言えば、高級ホテルのスイートルームに匹敵する。

「いやいや、婚約は専務に対しての方便だろうが」

頭を掻きながらバスの中に足を踏み入れた。並んで湯に浸かる。淳子もやってきてシャワーを浴び始めた。

「とはいえ、北急食品内では、石田さんと私は、婚約していることになっています。公表はしていませんが、上層部にその認識があるのは知っていますよね」

亜希が夏彦の肩に頭を乗せてきた。湯の中で、すっと肉槍を握りしめてくる。

「あぁ、実は課長から、なぜ先に知らせてくれなかったんだ、と嫌味を言われた」

「でしょう……もう公然の事実なのよ」

亀頭の下部、鰓をやわやわと撫でられる。女の細い指で、そのあたりを刺激されると、たちまち硬直する。

「社内でエッチをこいてしまったことを口封じするためだけの口実だけだろうよ」

夏彦も、亜希の股間に手を伸ばした。タクシーの中ではないので、いきなり肉真珠を狙う。でかい。突起の表面を人差し指の腹で、擦る。

「うわっ」

亜希が両足をばたつかせて、いきなり湯の中に肩から落ちていった。どんだけ、クリトリスが敏感なんだ。

ざばざばっと顔を出してきた。

「仮の婚約者として言うけど、西川、クリトリス偏愛し過ぎじゃないか？」

「私も、仮の婚約者として言わせてもらうなら、社内に婚約者がいるのに、花吹雪化粧品の常務から、うちの専務にクレームが入ったらたまりません。私のメンツ丸潰れですっ」

亜希がいきなり金玉を握っていう。

「仕返しに、タマ潰していいですか」

「いやいや、メンツとタマは同格じゃないだろう」

「女のメンツと男のタマは、同格です」

ギュッ、とやられた。うわっ。残っている汁が出そうだ。

「だけど、なんで、花吹雪化粧品の常務が金岡専務にクレームなんて大げさな事態になるんだ。おれは小島奈緒子と、別に何かあったわけじゃないぞ」

夏彦はまくしたてた。

四条正隆はそこまで権限があるのか？

淳子がシャワーホースを持ったまま、こちらを向いた。股の間にシャワーを浴びせながら、きっぱりと言った。

「小島奈緒子さんは、花吹雪化粧品の御曹司、竹宮優斗《たけみやゆうと》氏との婚約が内定しているのよ。秋には、経済記者クラブを通じて公表するって」

「えっ」

肉棹が一気に萎《しぼ》んだ。先走り汁だけが、ぷわ〜と湯面に浮かんでいく。

「ちょっとぉ、そこでショックを受けられたら、私の立場、全然ないじゃん」

亜希が、棹を握りなおし、乳首にしゃぶりついてきた。棹をシコシコされて、乳首をチュバチュバされると、少し気が落ち着いてきた。

「んんんんっ」

たしかに、淳子が言うように、イチャイチャされると、シリアスな話も少しは和《やわ》らいで聞こえる。

淳子は、洗い場にマットを敷き始めた。ソープランドにあるようなマットだ。

「まぁさ、淡い恋を抱いたんだろうけど、ここはちょっと自粛することね。彼女の立場も考えないと」

淳子がソープ嬢のような手際の良さで、マットを敷き、その上にローションを流し始めた。こいつ、その道で働いたことあるんじゃねぇのか？

「わかった。それでいろいろ読めてきた」

いかに花吹雪レディに虫がつかないようにという自衛措置であっても、あれだけの風格のある四条正隆なる人物を送り込んできていたのはそのせいであったのだ。

花吹雪化粧品は、創業家が筆頭株主の会社だ。とすれば、御曹司の婚約者は将来の社長夫人。妙な噂が立っては困るということだ。

そして、先日のビーチでの奈緒子の逡巡もわかる。話すに話せない事情を彼女は抱えていたことになる。

「先方の常務に連絡したのは、たぶん、顧問の四条さんだな。だから鈴木さんがあわてて、彼女をきちんと送り届けたんだ」

ポツリと言った。

「四条正隆氏は、元副社長。竹宮家の大番頭と呼ばれている人です」

亜希が言った。おそらく金岡専務からの情報だろう。

淳子がマットの上で泳ぎながら、話を受け継いだ。

「でね、夏彦、奈緒子さんて、たぶん普通の家に育った、普通のお嬢さんだと思う。そんな人が勤めている会社の御曹司に見初《みそ》められたのよ。そりゃ、舞い上がるわ。嬉しい反面、不安いっぱい。そんなとき、あんたみたいな、ごく普通の男が現れたら、ぐらつくのよ」

「俺って普通か？」

「その太いちんこ以外はね」

淳子がマットの上で一回転した。ヒップをこちらに向けて平泳ぎのように足を拡げたので、股の肉割れがパクッと開く様子が見えた。癒しになる。

「だから、みんなして俺を気遣ってくれて、あんな大芝居を打ってくれたんだ。彼女のことから自然に引かせるために……」

今度は夏彦がブクブクと湯の中に沈んだ。

湯中では、亜希が大きく股を拡げていた。海藻のように揺らめく陰毛の下に、クリトリスが目玉のように光っていた。

気が紛れる。夏彦は、潜水したまま、亜希の秘裂に顔を近づけた。舌を伸ばしてクリマメをベロリとやった。眼前のエロは、すべての面倒くさい思いを忘却させてくれるものだ。

「いやぁ～ん」

亜希が飛び上がった。それを汐《しお》に、ふたりでマットの上に飛び移る。

淳子がマットの上で四つん這いになり、尻を掲げて待っていた。

その横に亜希も並ぶ。

円《まる》い女尻が目の前にふたつ。

亜希のほうが大きい。色白で欧米系を思わせる。股間は亀裂よりもマメが目立つ。

淳子のヒップは小ぶりだ。小麦色に焼けているので、パンティを穿いていた部分だけが真っ白に見えるのが、むしろ卑猥な印象だ。半開きになった亀裂も、淳子の奔放な気性を表しているようだ、透明だが粘り気のあるローションを塗りたくっていたので、コーティングされたような紅《べに》色の亀裂がよけい生々しく見える。

「元カノと、現婚約者の、ダブルホールサービスよ。夏彦、恋心は、精子と共に流しちゃいなよ」

淳子が言った。なんて素敵なセフレたちだろう。

「わかった。ふたりに感謝だ」

まずは、かりそめとは言え、婚約中の亜希の巨尻をむんずと摑み、尻の割れ目を左右に大きく開く。渦巻状の尻の窪みがはっきり見えた。いたずら心でその上にローションを垂らす。尻の穴がぬらぬらと光る。

「いやんッ、変なところ濡らさないで」

亜希がうっとりと、マットに頬を押し付けた。

「心配するなよ。そこに入れる趣味はないから」

言いながら秘穴にムリムリと肉の棍棒《こんぼう》を差し入れた。ローションで濡らしてあるので、あっさり全長が入る。

「うわぁっ、いいっ、すっごくいいっ」

すぐさま尻山を、ぶるぶるっと痙攣させた。

「こっちにも指ぐらいちょうだいよ」

淳子が小尻を振った。亜希の表情を見て興奮したのか、尻山がザラザラと泡立っている。

「わかった。どの指がいい？」

「最初、二本。すぐに三本にしてっ」

「そういうことかよ」

夏彦は、亜希の膣層の中で雁首を上げ下げしながら、淳子の膣壷に、人差し指と中指を落とし込み、ピストンさせた。

「亜希ちゃんの中で動かすのと同じリズムでお願い。先にそっちで出しちゃっていいからね、お代わりを私に」

なんて物分かりのいい元カノなんだろう。

夏彦は、腰を送り出しながら、右手も同じようにピストンした。すぐに薬指を足して、三本にする。淳子の膣が急激に窄まって、三本の指を圧迫してくる。よけい感じさせたくなって、指の動きを速めた。スナップをフルに使う。

当然、腰も同じ速度で動く。

「いやんっ、うわんっ」

「あぁあああああっ、すごくいいっ」

女ふたりは顔を見合わせた。いきなりキスをして舌を絡めている。なんだが凄くいやらしい。

「お姉さんのクリ触ってもいい？」

「亜希ちゃんのも触っていいなら」

「うん、ソフトタッチなら」

「大丈夫、男の子みたいにがつがつ触らないから」

ふたりは尻を掲げたまま、腕をクロスさせ、双方のクリトリスをいじり始めた。どちらのいじり方もはっきり見えるので、夏彦の陰茎はさらに漲《みなぎ》った。亜希は、力強く淳子の小さな粒を押し、淳子は、逆にソフトなタッチで亜希の巨芽を愛《め》でている。

そこからふたりがさらに壺を窄めた。

「あぁぁぁぁぁぁぁあぁ、お姉さん、触り方すごくいい」

特に亜希の膣層が狭くなった。肉棹が圧迫される。

「んががが」

めくるめく快感の衝撃が襲ってきた。亀頭がパンク寸前になった。

「あっ、膨らんだっ。出して、ダーリン、出してっ」

亜希が、顎を前方に突き出した。正面の鏡に映る顔がくしゃくしゃになっている。

「いやぁあああああ、亜希ちゃん、そんなにきつく押さないでっ、あぁクリパン！」

淳子がぴたりと腿を閉じて、小尻を痙攣させた。肉芽で昇天したらしい。

「俺も、でるっ」

その瞬間に夏彦も、ドピュンとしぶいた。亜希の子宮に土砂降りの精子を浴びせる。

「うぅうううう、気持ちいいっ」

亜希がそのまま前に倒れ込む。夏彦もその上に重なり合ったまま、身体全体が伸び切った。インサートしたままの肉茎が、ビクンビクンと揺れながら、何波にも分けて精汁を発射させた。

三人一緒に昇天したようだ。

マットの上で、全員、フルマラソンを終えた直後のランナーのようにうずくまり、それぞれの時間を過ごした。

ようやく息が整いだしたところで、亜希が夏彦の胸に顔を埋めながら、聞いてきた。

「奈緒子さんのこと、どうして好きになったの？」

顔を見せずに言う。仮の婚約者としての嫉妬はまだ残っているのだろうか。

「自分でもよくはわからないんだ。しいて言えば、俺が出会ったことがなかったような、清楚で恥ずかしがり屋の人だった。そこかな」

「私がエロ過ぎたから、その反動ね。悪かったわね」

淳子に背中を小突かれた。

「いや、所詮は俺には縁のないタイプの人だよ。ふたりのおかげで、気持ちに整理がついた」

その時、ベッドルームの方で夏彦のスマホが鳴る音がした。

「ちょっとごめんっ」

真っ裸のまま立ち上がった。ローションでヌルヌルになったマットの上を、揺れながら歩いた。

「……と言うことは、御曹司の竹宮さんも、可憐なタイプが好きなわけよねぇ」

亜希がそんなことを言っていた。そうかもしれないなぁ、と答えながら、ベッドルームに向かった。

電話は鈴木からだった。すぐに出る。

「先輩、色々と気を遣わせてしまって申し訳ありませんでした。いま、黒木と西川から事情は聞きました」

「そんなことはもはやどうでもいいんだ。もっと大変なことが起こった」

鈴木の声が尖っている。

「どうしたんですか？」

「ネットに北急食品の石田夏彦と花吹雪パーラーの小島奈緒子が結託して、ワインと日焼け止めクリームの売り上げをごまかしているというフェイクニュースが流れている。ふたりがビーチで仲良く並んで売り歩いている写真付きだ」

「そんなバカな。売り上げ代金は、毎日きちんと入金していますよ。販売数は倉庫残数でわかるはずです」

「そんなことはわかっている。俺が毎日確認している。お前がそんなことをしていないのは百も承知だ。誰かが仕掛けたんだよ。二社のイメージダウンを狙ってなっ。すぐにネット確認しろ。俺はいますぐ日本橋に戻る」

鈴木が電話を切った。夏彦はネットを検索した。海外サーバーを使っているフェイクニュース専門と名高いニュースチャンネルから、その怪しげな記事は配信されていた。

第五章　何も言えなくて夏

1

「ええな、その尻、もうちょっと高く上げて見せてくれんか？」

サウス麦酒の関東支社宣伝部長の大里英雄は、ズボンを降ろしながら、山川晴香の尻の間から零れ落ちる花びらを眺めた。

誰もいなくなった海の家の店内。もちろん海に向いている全面ガラス張りの窓にはすべてシャッターを下ろしてある。

晴香は、客席のテーブルの上で、四つん這いになっていた。花吹雪レディの制服であるアロハを纏《まと》ったまま、下半身はすっぽんぽんで、ヒップを高く掲げている。テーブルの上にはサウス麦酒の缶が置いてあった。三百五十ミリリットルの金生缶だ。

絶景だ。

「部長、関西弁で話すのは、やめてくれませんか。私、花吹雪レディのオーディションに受かってからは、ずっと標準語を喋るようにしているんですから、思い出させないでください」

晴香は、尻を振る。見せているだけで興奮してしまっているようで、蜜がぴちゃぴちゃと左右に飛ぶ。

「昔は、関西弁で声を張り上げて、ぎょうさんビールを売りまくっていたのになぁ。変われば変わるんもんや」

晴香はもともとサウス麦酒のビアガールだった女だ。関西各地のスタジアムを転戦しながら販売する直接契約のビアガールだった。

大学時代から数えて五年、ビアガールとして働き、去年から花吹雪化粧品に転職している。

「せやかて、昔はガールで、いまはレディやさかいね。花吹雪レディが関西弁で『ちょっと兄さん、アイスクリーム買《こ》うてくれへんかぁ、頼むわぁ』ってゆうのおかしいでっしゃろ」

晴香がようやく関西訛《なま》りになった。そうすると不思議なもので、おめこも標準語で話していた時よりも、ぐっといやらしく見えてきた。

「関西《ニシ》では、それ普通やろ」

「須磨《すま》ちゃいますねん。ここ湘南でっせ」

晴香は自分から腕を後方に回し、頼みもしないのに花びらをくわっと左右に押し拡げた。大里が好きなポーズであることを充分知ってのうえだ。

花びらはヌルヌルと光っている。そこだけ別な生き物のように、勝手に蠢《うごめ》いていた。

「そろそろ戻ってきたらええ。宣伝部の契約社員にしてやるさかい、ビアガールの指導員になったらええんや」

大里はトランクスも脱いで、見事に張り出した肉槍を向けながら、晴香の尻のほうへと進んだ。

花吹雪レディに、サウス麦酒のコックを突っ込むのや。こりゃ、たまらん。

「部長、その予定、もうちょっと待ってくれまへんか。小島奈緒子がトップレディの座から転げ落ちたら、うちがトップに立てるかもしれへん」

晴香が振り返り目を細めた。遠近法のせいか、尻の向こう側にある顔がやたら小さく見える。

「おまえの欲望も果てしないのう……」

晴香の股間からぬるりと蜜が垂れ落ちた。昔から野心を抱いた瞬間に、あそこが熱くなる癖がある女だった。

「チャンスが来たらどんな手を使っても、奪い取れと教えてくれたんは、大里部長や……ぁあんっ、いきなり差し込むなんて」

肉の尖りを、バックからぐいっと押し込むと、晴香の顔が喜悦に歪んだ。テーブルに乗せた膝をさらに広げ、尻の位置をグッと高くする。逆に背中は深く沈んだ。

「おぉおっ、相変わらず晴香のここは狭いなぁ」

ムリムリと肉槍の尖端で、膣層を押し広げていた。

「あぁああ、貫通するっ、大里部長の逸物はすりこぎみたいに太いから、うち、やれるたびに処女気分にさせられるわ」

「あほ抜かせ、どこが処女や」

大里は、膣の中ほどまでは優しく挿入してやったが、優しくやることが、アホらしい気分になったので、そこからは、ずいずいずいっ、と一気に突進させた。

「はぅうううっ」

こちらに顔を向けたままの晴香が、眉間に皺を寄せ、そのままテーブルに頬を押し付けた。エロ顔がなんとも似合う女だ。

大里は、ストロークを開始した。一度、ずりずりと鰓で膣肉を逆なでし、入り口まで引き上げると、まずは浅瀬をクシュクシュと、五回ぐらい擦った。

「ぁあぁあっ」

晴香が焦れったそうな声を上げる。それでも浅瀬だけを擦り続けた。晴香が括約筋を動かした。奥の方から、ねちょねちょと音が上がる。

その焦れったさに付け込むように、大里は、ドスンと深く差し込んでやる。

「あぁあああっ、そのおっさんぽい責め方がいいっ」

晴香は狂喜した。すっと中腹まで引き上げる。膣の上に扁桃腺《へんとうせん》のような腫れもののあるあたりだ。

「やっぱ、おまえ、若い男じゃ、あかんやろっ」

「うんっ。狡賢《ずるがしこ》いおっさんの、陰険な責めのほうが好きやわ」

勝手なことを言う。

粘膜を擦り合うようになって六年になる。つまり晴香がビアガールになった直後にそういう関係になったのだ。

おっさんが好きだと言って接近してきたのは晴香のほうからだ。当時から常に野心が見え隠れする女だった。

そこが気に入った。

色恋でややこしい関係になるよりは、はっきりと野心のある女のほうが、セフレとしても仕事のパートナーとしても組めるものだ。

晴香が宣伝部長の自分に接近してきた本当の狙いは、サウス麦酒のＣＭモデルになりたかったということだったが、さすがにそこに押し込むのは、大里の権限をもってしても難しかったので、販売促進用のイベントに多用した。

晴香も、とりあえずそこをステップにするということで、納得した。

ミニスカ衣装にサーバータンクがとても似合う女であった。

他のイベントガールたちはミニスカの中を見られてもいいように、ショートパンツをアンダーとして着用していたのに、この女だけは、常に自前のハイレグショーツをつけていたのだ。それはそれは、人気が出た。

しかも晴香はマスコミ関係者への枕営業も厭《いと》わなかった。

かくして、大里の仕掛けるイベントは集客力も、マスコミの注目度も上がり、会社からも認められるようになった。

大里は、二年前に、関東の宣伝部を任されるまでに至った。

東京ではサウス麦酒の認知度はまだ低い。太陽ビールやジャイアンツビールの後塵を拝しているのが実情だ。

昨年から由比ヶ浜にアンテナショップを張った。他社が出店していないのを好機と見たのだ。太陽ビールは九十九里浜に、ジャイアンツビールは江ノ島を拠点にしている。関西の雄であるサウス麦酒としては、最も湘南らしいこの由比ヶ浜こそアンテナを張るのにふさわしい地と見た。

なんといっても古都鎌倉からの徒歩圏だ。イメージ戦略としては抜群なはずだ。

ところが、だ。まったく畑違いの花吹雪レディというのが、ここでは大人気だった。

品がいいのだ。

なおかつ野球場では目立つミニスカートのビアガールもここでは厚ぼったく見える。

なんたって周囲はビキニの女たちばかりなのだ。

誤算だった。

だからと言って、ビアガールをビキニにするわけにもいかない。見た目に可笑《おか》しすぎる。そこで内部崩壊を狙って、虎の子の晴香を花吹雪に送り込んだのだ。晴香は見事に花吹雪レディに合格した。そして摑んだ内情から、一番人気の小島奈緒子を陥《おとしい》れることを思いついた。

さらに今年は、北急グループがいきなりワインで割り込んできた。ビーチでワインなど売れるかと、高をくくっていたところ、これがナンパ用に躍進し始めた。

ビーチでビールがワインに負けたとあっては、本社に顔が立たない。

一気に両方を潰す手として、フェイクニュースを流してやった。晴香のヤリ友であるネットニュース配信社から仕掛けさせたのだ。

もちろん、六時間後には花吹雪と北急の両社から抗議があり、削除された。

だが、短期戦のビーチ商戦では、一時的なダメージを与えればそれでよかった。

晴香の話では、すでにトップレディは東京の本社に呼び戻されているそうだ。北急の方も、イメージダウンは免《まぬが》れない。

勢いはこっちに戻ってくるはずや。

「トップがいなくなったら、レディたちを使って乱交パーティを開いているとか、あることないことおまえが花吹雪レディたちに吹き込んで、めちゃめちゃにするはずやったろ」

言いながら、大里は肉棒で、晴香の蜜壺をめちゃくちゃ掻き回した。じゅぽじゅぽと音がして、蜜が溢れかえってくる。スケベな女だ。

「うわぁあああ、いいっ」

偽情報をばらまくだけばらまいたら、晴香はすぐに退職して、サウス麦酒に戻ってくる算段になっていた。

「そ、それがね、部長、花吹雪化粧品の社長の息子、いまは専務やけど、これがまだ独身やねん。花吹雪レディにえらいご執心や。うち、もうちょい猫被って接近してやろう思うてんよ、どないや部長、これ大きな勝負になるんとちゃうやろか」

晴香の秘孔が思い切り狭められた。

「御曹司を引っ掛けるってか？」

「うん、けれど、うち部長を裏切らへんよ、うまいことやって、花吹雪とサウスのコラボ商品とか企画したらどう？　うちは、あると思う。合同イベントも」

わくわくすることを考え出す女だ。

若干嫉妬もあるが、互いの野心はそれを超える。

「よっしゃ、やってみなはれ。そうや、なにごともやってみんことにはわからへん。晴香、やってみなはれ」

大里もやりまくった。

「部長、そろそろ向き変えよう。テーブルの上で四つん這いは、しんどいわ」

「おう、すまんかった。ついつい話に聞き惚《ほ》れて、夢中になってもうた」

大里はいったん肉槍を抜いた。それは湯気を上らせていた。

晴香が起きあがり、身体の向きを変えた。テーブルの隅に尻を載せ、M字開脚し、じっと大里の陰茎を凝視している。

「部長はん、そのすりこぎ棒を露出して日焼けさせはった？」

「あほ抜かせ！」

「だって、真っ黒なんだもの」

指さして笑いやがった。

「これは、ぜんぶ晴香の淫水で焼けたんやぞ！」

「嘘や。部長、相変わらずあちこちで擦りまくっているんでしょう」

晴香が口を尖らせた、瞳に嫉妬の色が浮かぶ。男にはこれが嬉しい。妬《や》かれるのは満更ではないのだ。晴香は男を落とすツボを心得ている。こいつなら御曹司も落とせるかもしれない。

晴香が、缶ビールを手に持った。

「これ飲んでええですか？」

上半身、花吹雪のアロハを纏い、M字開脚でサウス麦酒を飲むとは洒落ている。

「晴香、ちょっと待て。その絵、インスタ映えするぞ」

「それインスタのイン、漢字と違いますか？　これが本当の『淫スタ映え』って」

あまりにもバカバカしすぎて、ふたり揃ってげらげら笑った。

浪花っ子のエロは、こうじゃなくっちゃ。

晴香がおめこの薄肉を寛げて、缶ビールを陰毛の上に置いた。バシャバシャとシャッターを切った。なにやら芸術的な画像が出来上がる。

「どうせなら、俺の棹を挿し込みながら撮るか」

大里は孔の前に肉尖りをくっつけていった。

「最近、バイト先のバックヤードで悪さした画像の投稿が流行《はや》っているけど、あれやってみたいわ」

「投稿は出来ひんけど、思い出づくりになるなっ」

グッと突っ込んだ。

「あぁあああっ」

晴香が打ち返してくる。恥骨同士がぶつかり合った。棹の全長が入ってしまったのだ。今度は晴香がスマホを持った。

「部長、これだと、何の画像かわかりませんわ。もう少し棹を出してください」

「おぉおっ。こないか？」

大里は半分ぐらい引いた。肉槍の鰓が膣の扁桃腺に引っかかる。

「あっ、そこ、ちょっとまずい。けど絵になる」

「なら、この位置で擦ってやる」

大里は、出没運動を開始した。晴香はシャッターを切りまくった。ＡＶ男優気分になってきた。大里は、小刻みに腰を送り出す。

「あっ、あかんっ、Ｇスポット攻撃はあかんって。あふっ」

晴香のスマホを持つ手が震え出した。

出し入れしている膣の上にある女の尿道口がひくひくしているのが見えた。

すぐ脇の椅子の上に置いてあるビールサーバーが目に入る。

「！」

やってみたくなった。

その一点だけを狙って、盛大に擦りまくった。

「部長っ、あかんて、それはずるすぎるよ。うちが花吹雪の御曹司をハメているところを想像して、やきもち妬いているんやろ。でも、ここで潮はあかんてっ」

晴香がついにスマホを手放した。尻の脇に置いている。

なんのことはない。晴香も大里に妬いて欲しいのだ。やるだけの間柄と割り切っていても、そこには他人に寝取られたくないという意地が湧く。

男も女も、自分がナンバーワンであり続けたいわけだ。

「一番、相性がいい男として、永遠に晴香の記憶に残りたい」

自分でも思わぬセリフを吐いた。五十五歳。妻子あり。仕事一筋。しかも遊び人のつもり。だが、これは嘘ではない。

「はい？　それマジですか？」

晴香も目を丸くした。

「マジだ」

じっと目を見て伝えた。海から波の音がザバーッと聞こえてきた。ここからもザバーッと噴かせたい。そして……。

「ええよ。部長、そこ思い切り擦ってもええよ。でもうち噴水しちゃうよ。ええの？」

「かまわんっ」

大里は盛大に腫れて垂れ下がっている一点を擦り立てた。くちゅくちっ。くちゅくちゅくちゅ。

「ぁあっ」

晴香が後頭部を反らし、首に筋を浮かべた。小さな顔を顰《しか》め、唇をきつく結んでいる。ついに太腿が痙攣を始めた。

「あぁ、あぁっ、くるっ。部長、くるよ。潮、上がるよ」

口を大きく開けている。上唇と下唇の間に幾筋もの涎《よだれ》の糸が引かれていた。眉間に皺が寄った。

じゅっ、とひと噴ききた。大里の陰毛に当たる。さらに懸命に擦った。淫層が蠢動したように感じた。

「もっと、大きいのが来ちゃうからっ」

晴香が後ろ手にテーブルに手を突いた。大里は、すっと左手を伸ばす。椅子の上のサーバーのコックを取る。銀色の蛇のようなチューブごと伸びてくる。

「部長、まさかっ、あっ」

ビッシュと潮が噴き上がる。

それに対抗するように、大里がマシンガンを撃つがごとく、ビールサーバーのコックトリガーを引いた。

サウス麦酒金生が晴香の尿道口に向かって発射される。

潮吹きVS金生ビールシャワー。

「わぁあああ、やると思ったたっ。このあんぽんたん部長っ」

晴香が絶叫した。大里はトリガーを引きながら肉槍も擦りまくった。こっちも爆発し始めた。

「いやだぁ、中も外も、もうぐちゃぐちゃ」

「うぉおおっ」

晴香のヒップが何度も揺れて、テーブルの上のスマホのシャッターを切っていたが、もはや大里の脳も淫爆しており、なにも頭に入らなかった。

2

「嫌がらせ動画の第二弾が飛んできているぜ。今度はアダルトサイトからだ」

鈴木からの電話だった。

夏彦は日本橋の本社にいた。フェイクニュースと判明しているものの、不正経理はないという報告をするために、本社に戻っている。

「アダルトサイト？」

「そうだ。花吹雪レデイのアロハを着ている女性のオナニー動画だ。その女性の顔は写っていないが、イメージカットとして、おまえと奈緒子さんがビーチで一緒に販売している様子がアップされている。目に黒線は入れてあるけどな。いかにも奈緒子さんがオナニーしている印象を与えている」

「何だって執拗に花吹雪とうちを狙い撃ちしてくるんだ？　投稿者を割り出せないんですか？」

夏彦は怒りに声を震わせた。

「グループ本社のセキュリティに追跡してもらっているが、前回の記事と同じでカリブ海にある英国領の島のサーバーが使われている。追跡できるのはそこまでだ」

デスクの脇にあるゴミ箱を蹴り上げたくなったが必死でこらえた。それは、事情を知らない同僚たちに、八つ当たりをするようなものだ。

営業部はそれぞれが数字の達成のために忙しい。

「どうせ、花吹雪さんが本格的に調査する前に、削除されるんでしょうけど、拡散されますね」

「あぁ、それは止めようがない」

「誰の仕業でしょう？」

夏彦は訊いた。

「それが分かれば苦労はしないさ。削除される前におまえもチェックしてみろよ。いま転送してやる。閲覧するのはトイレの個室とかのほうがいいぞ。後ろを女性社員が通りかかっただけで、おまえ訴えられる」

電話を切ると、すぐに鈴木からＵＲＬが貼り付いたメールが届いた。すぐにトイレに駆け込んだ。

タップすると、無料エロ動画サイトに繋がった。

【花●雪レディのオナニー】

とタイトルまで付けられている。一文字消しているのは摘発逃れのためだろうが、その企業名は誰の目にもわかる。

画像が流れた。鈴木の言った通りの画像だ。女のあそこのドアップ。指がワイパーのように動いている。音声はない。二分程度の動画だった。夏彦は何度も繰り返してみた。花吹雪のアロハの裾が割れて、秘部が見えている。そこを擦っている。

三十回以上、繰り返した。

「！」

ほんのわずかに女の座っているテーブルと、背後の何かが見える。缶ビールだ。テーブルの木目の天板に見覚えがあった。

隣のサウス麦酒？

確信はないが、そんな気がした。鈴木にすぐにメールした。確認してもらうのだ。胸騒ぎを抑えて、営業部に戻り十分ほど待ったが、さすがにすぐに返事はなかった。じっとしている気持ちにはなれず、夏彦は、表通りに出た。

今日も太陽が照り付けている。気温が三十四度。湿度は七十パーセントを超えている。由比ヶ浜のように爽やかな海風は吹いてこず、コンクリートからの照り返しと、車のまき散らす排ガスに息が詰まった。

銀座方向に、ぶらぶらと歩いた。北急百貨店の日本橋店をめざした。こんな時は、黒木淳子の顔を眺めるに限る。

エロ顔で、すべてを忘れさせてくれる女だ。

北急百貨店は、ここ日本橋においては老舗の松菱デパートと鴻池《こうのいけ》百貨店に比べて、やはり見劣りする。呉服商として江戸時代からこの地にあった二店とは、格が違うので致し方ない。

そのぶん、三十代前後のＯＬには人気があった。

店内に入ると、すぐ脇のインフォメーションコーナーが目に入った。

淳子が同僚と並んで座っている。

夏彦が軽く手を上げると、淳子が上唇を舐めて、バストを揺すった。エロい。

サイドポケットでスマホが震えた。

すぐに取る。鈴木からだった。

「確かに、テーブルの天板は同じだと思う。ただし、だからといって、サウス麦酒がいやがらせ投稿をしていると決めつけるわけにもいかないがな。缶ビールもどこでも売っているからな。ただしセキュリティ専門会社に解析の依頼をする手はある。グループ本社の幹部から依頼してもらうのが一番だがな」

「その伝手《つて》を持っていそうな女がすぐ目の前にいる」

「おぉ、おまえの元カノか」

「そうです」

夏彦は電話を切り、インフォメーションコーナーに進んだ。淳子は、同僚に一言告げるとすぐに立ち上がってきた。ＣＡのような制服を着ている。これもまたエロい。

「ちょうど休憩時間。バックに行きましょう」

淳子が尻を突き出し、右手でパンパンと叩いた。

「そのバックじゃないだろう」

夏彦は、片眉を吊り上げて、淳子の後に続いた。

百貨店のバックヤードにはじめて入った。華麗な売り場とは対照的に地味だ。裏側は壁も床もコンクリートの剝き出し。通路もやたら狭い。

夏彦はきょろきょろした。

「楽屋ってこんなものでしょう。百貨店のバックヤードは化粧を取った女の顔みたいなものよ」

淳子はさっさと歩いていく。歩きながら夏彦は事情を話した。

「それなら電鉄の危機管理室室長からプロに依頼するのがいいと思うけど、それよりサウス麦酒の宣伝部部長ってなんか臭いわね。そっちに手を突っ込んだ方が早いんじゃない？」

「しかし、サウス麦酒陰謀論は、あくまで仮説だ。下手な手出しは出来ない」

「私、サウス麦酒に手を突っ込める人、知っているよ。画像の解析や発信先調査と同時に、サウス麦酒の上層部を動かすっていう手もあるわ」

こいつの淫脈はどこまで果てしないんだろう。別れてよかった気もするし、別れなかったら、とことん出世できたかも知れない。

「どういう方法だよ？」

淳子が通路の奥まった位置にある扉を開けた。そこには段ボール箱が堆《うずたか》く積まれていた。倉庫のようだ。段ボールに貼ってあるラベルを見る限り、来月から始まるサマーバーゲンのセール品が詰め込まれているようだ。

「いま教えるけど、そのまえに、出して」

箱と箱の間に進んで、淳子が跪《ひざまず》く。ＣＡに似た制服で屈み、ちょっと股を開いた様子は超エロい。

「なにするんだよ」

想像はついたが、一応聞いた。

「夏彦。絶妙なタイミングで来てくれたわね。私、休憩時間にソフトクリーム舐めたいと思っていたのよ」

「勘弁してくれよ」

「湘南では私、遠慮したんだからね」

「遠慮した？」

「そうよ。夏彦が夢中な女に、現在の婚約者、その中で、元カノの立場は弱いでしょう」

「いや全員、いま交際しているわけじゃないから、同じ立場だと思う」

否定しながらも夏彦は、ファスナーを開けた。かなりそそられている。禁断の場所でのエロ行為は燃えるものだ。

立小便するみたいに、ポロリと肉茎を露出させた。半勃ちだ。

「まだ私が一番、夏彦の感じるポイントを知っていると思う」

淳子が舌先を亀頭裏の三角地帯に這わせてきた。ズキンと快楽の疼きが走る。斜め下方に垂れていた肉棹が一気に反り返った。

ズボンの前が突っ張って、玉が痛い。うぅうう。

その瞬間に、かっぽり、と棹の半分までを咥え込まれた。淳子が上目遣いでほほ笑んだ。魚を咥えたドラ猫のような表情だ。

「ここでは、乳首はだめだぞ。ワイシャツのボタンは外さないからな」

ここには、いつ誰かが入ってくるのかわからない。陰茎はすぐにしまえても、いくつものボタンを開けたワイシャツは始末が悪い。

なのに、淳子はバンザイするように両腕を伸ばしてきた。

「ふぁいはふのふえからでいいの」

しゃぶりながら言っているので、聞き取りにくいが「ワイシャツの上からでいいの」と言っているようだ。

「なら、いい」

夏彦は自分から上着のボタンを外した。すぐに、淳子の手が伸びてきて、ワイシャツとアンダーの上から、左右の乳首に爪を立てられた。かりっ、かりっ、と絶妙なタッチで引っ掻いてくる。もちろん淳子は同時に、肉棹を猛然としゃぶり上げてくる。時間がないのを承知しているせいか、いきなりバキュームモードに突入している。

「うぅうう」

夏彦は、口をへの字に曲げて、天井を仰いだ。

何やってんだろう、俺。

「あぁあっ」

ワイシャツの下から乳首が浮き上がってくる。ノーブラ&キャミソールの女の子のトップスをツンツンして、浮き上がらせて楽しんだことはあったが、まさか自分がワイシャツからポッチを浮かせることになるとは思いもしなかった。

「サウス麦酒の上層部を動かすって、どんな手を使うんだよ」

あまりにも早く射精してしまいそうだったので、夏彦は気を逸らそうとした。

「ふぁしてっ！　ふぁして！　ふぁきに、どふぁっとふぁしてっ」

これは「出して！　出して！　先に、ドバッと出して」と言っているのだ。

「うぅううううっ」

なんとなく〝エッチの立ち食い蕎麦《そば》〟的なあわただしさだが、この際、飛ばしちまおう。

「おぉおおっ、くわっ」

夏彦は仁王像のように顔を顰め、両手で拳を握りながら、唇をきつく結んだ。

「出るっ」

びゅっ、びびゅんっ、ざばっ、と噴射した。

「はうぅっ」

淳子が一気に根元まで咥え込んできた。喉に当たる。柔らかい。あぁ～いいっ。

ホント、なにしているんだ、俺？

淳子が喉を鳴らした。その後も、指で棹の根元を擦って最後の一滴まで絞り出していく。

「んんん、っは」

夏彦はがっくりと肩を落とした。へなへなと座り込みたい気分だ。

「全部飲んだっ。ほらっ」

淳子が、あ～ん、と口を開けた。口腔内には、一滴の精汁も残っていなかった。

「なんか、口の隅から、ちょろっと垂らすとかして欲しかったなぁ」

夏彦はぼやいた。発射した精汁が全く見えないというのは、煙草を喫《す》い込み大きくはき出しても、煙が上がらないというむなしさに似ている。

「場所柄、証拠は残さず」

淳子が、にっと笑って立ち上がった。スカートの裾を腰骨のあたりまで一度上げて、よじれたパンティの股布に指をかけ、すっと引き延ばしている。なんか、生々しい。

「鎌倉の御堂《みどう》英恵《はなえ》夫人に会ってくるといいわ。夫人と言っても今は独身だけど」

「何者なんだい？」

「資産家。祖父は御堂義雄《よしお》。この名前聞いたことあるでしょう」

「昭和の相場師。乗っ取り屋としても名を馳せた人物じゃないか」

二十年前に逝去しているが、その資産は百億とも言われている。

「そう。英恵さんは、その孫。五年前にお父様の御堂慎之介《しんのすけ》さんも亡くなったので、御堂実業を引き継ぎ社主に収まっている。会社を引き継いだと言っても、実際には資産管理会社だから、金利生活者のようなものよ」

「その人になぜ会ったほうがいいんだ？」

「英恵さんは、サウス麦酒の個人筆頭株主なのよ」

「わぉ〜」

驚きに肉茎をしまうのを忘れた。淳子に、ぎゅっと握られる。

「早く、しまいなさいよ。誰が入ってきてもおかしくないのよ」

あわてて、しまった。陰毛がファスナーに絡まる。痛てぇ。

「だけど、なんでそんな凄い女性《ひと》を淳子が知っているんだよ」

「私、大学時代に銀座のクラブでバイトしていて、亡くなる前に、彼女のお父さん、御堂慎之介とやっちゃったのよ。二十歳の頃ね。パパはその頃、六十歳ぐらい。で、奥様じゃなく娘にバレちゃった。原宿で洋服買ってもらったお返しにチューしているところ、ばっちり見られたのよ。英恵さんは当時三十三歳ぐらいだった。パパがいなくなった瞬間に腕を捕まえられて、もう最終回って感じだった」

淳子は、肩を竦《すく》めた。

こいつやっぱ最低の女だ。別れて正解だ。

「バレてどうしたんだよ」

「英恵さんの味方になると約束したの。そのままパパと付き合って、御堂実業のオーナーには、長男の奏太《そうた》さんじゃなくて、英恵さんが就けるように、一生懸命説得したのよ」

「どうやって説得したんだ？」

夏彦は片眉を吊り上げながら訊いた。ろくでもない方法だったに違いない。

「パパにフェラの寸止めをしながら、遺言状と会社の株式譲渡委任状にハンコつかせたの。それで仲良くなった。それから二年ほどしてパパが亡くなって、無事、英恵さんが社主の座に就いたってわけ。いまじゃ親友。年齢は英恵さんのほうが断然上だけどね、たぶん今年四十歳。でも親友は親友なのよ」

底なしの最低女だ。

「私が、連絡を入れておくから、今からすぐに鎌倉に飛んで。住所はすぐにメールに送る」

「わかった」

「英恵さんには、今でも私と付き合っていることにして。そのほうが、きっとすぐにサウス麦酒に圧力をかけてくれる」

「なるほど。親友のカレシというほうが親身になってもらいやすいということだな」

「そういうこと」

夏彦はすぐに、日本橋駅へと向かおうと踵《きびす》を返した。その背中に淳子の声が続いた。

「仮の婚約者のほうも、夏彦のために一肌脱ごうとしているわ。これ、一応、伝えておくわ」

「亜希が？」

「そう。なんだかんだって言ってもさ。亜希ちゃんも夏彦のことが好きになったみたい。だから、協力できるように頑張るって」

淳子が笑った。

「そっか。なんか、ふたりに凄く感謝しなきゃな」

「そう、持つべきものは、ヤリ友よ。やった関係は、その後、離れても深いわ。それを忘れないでね」

「たしかに」

友達ほど大事なものはない。特にセックスをした女友達は、身内に近い。

夏彦は、淳子に向かって親指を立てて、飛び出した。

永代橋通りを走って日本橋駅へ向かった。

3

鎌倉山二丁目。春ならば、満開に咲き乱れるのであろう桜並木の坂を上りつめると、瀟洒《しょうしゃ》な邸宅があった。

御堂実業鎌倉山別邸。そんな表札がかかっている。社有にしているのだろう。

来意を告げるとすぐに門扉が開いた。そこから玄関まではゴルフ場のゲートからクラブハウスまでのような長いアプローチが続く。

家政婦に案内され、芝生の庭に面したリビングに通される、十分ほど待たされた。全面ガラスの窓から見える芝生と花壇といい、室内にしつらえられた調度といい、まるで英国貴族の館を思わせる。壁際の暖炉の上に、写真立てがいくつも並んでいた。

祖父の御堂義雄氏が、昭和の大物政治家や財界人と並んだ写真が多い。いずれもこの部屋で撮影されていた。プロ野球選手や大相撲力士もいる。

夏彦でも知っている顔が沢山あった。

「あなたが黒木淳子の彼氏？」

部屋に入ってきた御堂英恵が、ゆっくりソファに腰を降ろしながらそう言った。決して穏やかな口調ではない。むしろその端正なマスクをわずかながら引き攣《っ》らせているようでもある。

話が違うじゃないか。夏彦は、応接間に通されるなり押し黙った。

英恵は黒のノースリーブのワンピースに量感たっぷりのボディを包んでいた。どう見ても四十歳と聞いているが、三十代半ばにしか見えない。冷房が充分効いているせいか、夫人は黒のストッキングをはいていた。

美貌の持ち主である。英恵は、家政婦が運んできたティーカップを優雅な手つきで口元に運びながら、三人掛けソファの端に身を縮こませて座っている夏彦の総身にくまなく視線を這わせてくる。

なんだよ、これ。まるで取り調べじゃないか。

「あの、黒木からは、奥様がサウス麦酒に強い影響力をお持ちと聞いて、はせ参じてまいった次第です」

夏彦はハンカチで汗を拭いながら言った。アンティーク調のローテーブルに置かれたローズヒップティーも喉を通らないような気分だ。

とりあえず奥様と呼んだが、淳子情報では、英恵は一度婿をとったものの、二年で離婚しているそうだ。たったひとりでこの豪邸に暮らしていることになる。

「その話は、さっき淳子からすべて聞きました。銀座の私のオフィスからサウス麦酒の社長に、由比ヶ浜の海の家の責任者について調査するように打診させています。他社への妨害工作をしているとすれば、株主として到底黙認できない問題であると、脅すように伝えてあります。数日で返事があることでしょう」

英恵が淡々と言う。だがその眼は据わっている。祖父の義雄を思わせる冷徹で力強い眼光だ。淳子と呼び捨てにしているのが気になる。

サウス麦酒のいやがらせ疑惑について、解明の糸口が見えた安堵よりも、この不気味な気配に対する恐怖心のほうが上回った。

「ありがとうございます。あくまでも疑惑ですが、心の荷が下りました」

なにも自分が来ることはなかったのでは、と思った。淳子が電話で懇願すればよかったのではないかと。

それよりも、もしもサウス麦酒の嫌がらせが事実であって、御堂英恵の力によって解決したならば、御礼はどうすればよいのか、と気になった。課長、いや専務にお出まし願って、北急食品として礼を尽くさねばならないのではないか。

「追って、社の代表のほうから改めて……」

「その必要はありません。石田夏彦さん、あなた、服を脱いでください」

「えっ？」

「あなたの心の荷が下りても、私の心の荷を下ろすのは、ここからです」

英恵がコーヒーテーブルの上にあったリモコンのスイッチを押すと、ガーッと音が鳴り、全面ガラスの窓の左右に垂れていたドレープカーテンが閉じだした。

色はベージュで明るい色彩だが、外の光が完全に遮断される。代わりの天井から吊るされたシャンデリアライトがスーッと明るくなった。

最後にカチャリと扉がロックされる音。

なんだ、なんだ、なんだ？

「あなた、父親を奪われた娘の気持ちわかりますか？」

英恵が夏彦のほうへ歩いてきて、くるりと背中を向けた。首の付け根から尻の中央までファスナーのラインがあった。

「下げて」

「いや、いや、いや、それはちょっと」

「私ね、父親の浮気相手になった女の彼氏とやって、どこかでイラついていた気持ちをプラスマイナスゼロにしたいのよ。あなたとやれば私、溜飲を下げられそうなの」

「そんな」

「とりあえず、ファスナーを下げて。そうじゃないと、私、今すぐサウス麦酒の件は、ナシにしますから」

「えぇええぇえっ」

夏彦は、慌てて英恵のファスナーを下に下ろした。背中が開くと同時に、汗と甘いコロンの混じった香りが立ち上ってくる。

それよりも、ブラジャーのバンドがない。ノーブラ？　そのまま引き下げると、尻の割れ目が見えてきた。嘘だろう。ノーパン？　ストッキングは穿いているのに、パンツはなしかよ。

セレブは下着を着けないものなのか？

ファスナーを最後まで下ろすと、尻の上半分が丸見えになった。英恵はすでに肩から片腕を抜いていた。

「御堂さん……」

どう言ってよいかわからず、呆然としていると、英恵はもう一方の腕も抜き、軽く身体を揺すった。するするとワンピースが床に落ちていく。赤いガーターベルトに留められた黒のストッキングだけが太腿から下を包んでいる。

わわわっ。

発情するよりも、夏彦は混乱した。

「どぉ、私セクシーかしら？」

赤のガーターベルト&黒のストッキングだけになった英恵が、その場で、くるりと向きなおった。夏彦の目に、まず丁寧に処理された小判型の叢《くさむら》が飛び込んできた。

そのまま視線を上げると、小玉スイカぐらいありそうな乳房を目にすることになった。

「あの、いや……これは」

すでに見てしまっているものの、見てはならぬものに視線を這わせてしまったようで、心臓が早鐘を打つ。淫気とは別物の鼓動だ。

「黒木淳子はね、この格好で、父を誘ったんですって」

言うなり、英恵は床に四つん這いになって顔だけこちらに向けた。確かに淳子の得意のポーズである。

「いや、そのへんのことは、僕もわかりませんので。たとえ事実でも、僕と付き合うずっと以前のことと思いますから」

自分が淳子と付き合っていたのは、彼女が二十五から二十七歳になる直前までの二年間だ。淳子が御堂慎之介と関係を持っていたのは、その五年も前のことである。

「さっき、電話で最初に誘惑した時のことを詳しく聞いたの。あなたの彼氏に同じことをしてもいいかと聞いたら、淳子は、しぶしぶOKしたわ。『それで夏彦さんの頼みが通るのなら、仕方ない』って珍しくしおらしい言い方をしたのよ。ねぇ、早く脱ぎなさいよ、夏彦さん」

英恵が尻を振り立てた。

百貨店を出るときに、淳子が「まだ付き合っていることにして」と言った意味が、ようやく、ピンときた。

なるほど、これは虚構の御礼になる。相手がそう受け取ればいいのだ。

「わかりました。過去のこととはいえ、現在の黒木淳子のパートナーとして、彼女のふしだらだった過去を償《つぐな》いたく思います」

営業マン得意のアドリブが口をつく。

「だったら、私の言う通りにして。亡き父はこの格好の淳子のヒップを、しげしげと眺めながら、撫でまわしたそうよ。あなたもやってみて」

「わかりました」

夏彦は、すぐに真っ裸になり、毛の長い絨毯《じゅうたん》の上に膝を突いた。

真っ白い尻山を、ソフトタッチで撫でまわした。するべきことが理解できたいま、夏彦の手のひらは、ＡＶ男優顔負けの手つきになっている。

なんとしても、この美熟女を悦ばせたい。

焦らず、じっくり尻を撫でながら、もう一方の手をそっとバストに向けた。引力の法則でたっぷりと垂れ下がっている乳房を掬い上げ、やわやわと揉んだ。

「父も、こんな風に、淳子のおっぱいに手を出したのかしら」

英恵が背中を反らした。肉付きのよい身体であったが、それでも背骨が浮いた。

「可能性はあります。でも僕は、いま、淳子の身体を触っているときよりも燃えています」

　きっぱり言ってやる。当然だ、百回以上もやった女より、今日初めて見る女のほうが男として燃えるに決まっている。

「お世辞のつもり？　私、もう四十なんだけど。淳子は、まだ二十七でしょう」

　英恵が明らかに照れた。はにかんだように頬を紅《あか》く染めてもいる。夏彦の気持ちの中にも落ち着きが生まれてきた。相手がセレブすぎるために、まだどこかで緊張していたのだ。

「男が女性を見るとき、年齢はほとんど関係ないと思います。セクシーかそうじゃないか、だけです」

「私、セクシー？」

「セクシーすぎです」

　これも事実だ。

「淳子に勝っている？」

　目を細めて言われた。よほど恨みに思っているようだ。どう答えていいかわからない。正直に言えば、今の自分にとっては、英恵の勝ちだ。

だがそれをやすやすと言うことは、淳子の今カレとしての演技上は、軽すぎる答えとなる。

夏彦は、沈黙した。ヒップだけは撫でまわしつづけた。尻丘の表面はなめらかだ。

「淳子はね、そのあと父に、後ろから舐めてと言ったそうよ。まったくあの女、何様のつもりだったのかしら」

淳子は男の気持ちを惹きつける天性の才能を持った女だ。御堂家の二代目として、傅《かしず》かれることばかりが多い慎之介氏の心理を逆について、高慢に振る舞ったのだろう。

谷崎潤一郎の『痴人の愛』的な誘い込みだ。

「父も父よ、それをべろべろ舐めたんですって」

まさにその罠に落ちて、洋服をバンバン買ってあげたことだろう。

「私のも、舐めなさいっ」

英恵が股をぱっと開いた。尻のカーブの底から、薄桃色のぐちゃぐちゃとした亀裂がのぞけた。

どこまでも同じことをさせたいらしい。

ここからは、英恵の台本を狂わせたほうが面白そうだ。そのほうがお互い本気になれる。

夏彦は、それまでのフェザータッチを止め、尻の左右に五指を埋めた。尻丘の表面が急に泡立つ。そのまま双丘をむんずと割り拡げた。

「あぁああっ、いや、そんなに大胆に拡げないでっ」

英恵は、狼狽えた声を上げた。肉間から、ぽたっ、と白濁液の玉が床に落ちていく。長い糸を引いているのがいやらしい。

夏彦は思い切り口を近づけた。磯の香りがする。セレブも同じ匂いがするものだ、と妙なポイントに感動した。

鼻梁を尻の割れ目に埋め込ませて、濡れて蠢く粘膜花を、文字通りべろべろと舐めまくり、時に花びらを軽く嚙んだ。夏彦の口の周りは涎と愛蜜でべとべとになった。

「くぅうう」

英恵の背中に、ざっ、と汗が浮かんだ。逆さまんちょになっているので、肉芽は下方に見えた。表皮からむくむくと顔を出している。

こちらにも舌を這わした。舌先に硬い感触が走る。レロレロレロレロとうちわで扇ぐように舐めてやる。

「あぅううううううううううう」

英恵が暴れて、身体を反転させた。仰向けの体勢になり目をシロクロさせている。ガーターベルトとストッキングだけの姿で、開脚している姿は、恐ろしく卑猥だった。

だが、淳子ならば、尻を打ち返して「もっと」を連発する場面だが、英恵は、仰天したように身体をヒクつかせていた。

政財界の黒幕として名高い、御堂家の娘として育ったのだ。無理もない。

これまで関係を持った男たちは、全員、実に遠慮気味に彼女の身体を扱ってきたのではないだろうか？

英恵の身体は開発されていない。おそらく淳子の真似をして、淫らに振る舞おうとしているだけなのだ。そう踏んだ。

「淳子は、舐めさせた後に、次はどうして欲しいと言ったんでしょう」

もはやあの女がやった道筋は、想像できていたが、夏彦はあえて、英恵の口から言わせたくて聞いた。

「それは……さっき電話で聞かされたけど、私は聞いたこともない言葉よ」

やっぱりそうだ。

「こういう格好にして、挿し込んで、って言ったんですよ」

夏彦は、素早く英恵の両足首を摑み、一気に肩の上まで持ち上げた。腰が丸まり、女の底の部分が天井を向いた。

「いやぁああああああっ。何をするんですか！」

御堂家三代目当主が、頬を膨らませ、真っ赤に染めた。小顔の真下に巨尻の割れ目が映った。

「セクシーです。淳子よりも英恵さんのほうがセクシーです」

つい本音が漏れた。

英恵が嬉しそうに笑った。

その秘裂に、パンパンに膨張した亀頭をあてがった。なじませるように花芯の上を滑らせる。

「あっ、なんか、ハッキリ見えるって怖いわ」

英恵が首を竦めた。

「これ、まんぐり返しって言うんです。淳子、そう言ったんでしょう」

耳元に吹き込む。

「あっ、いや、そんなの知らない……えっ、こんな格好で挿入するの？　わっ、ちょっと待って」

夏彦はムリムリと固ゆで卵状態の亀頭を膣口に差し込んだ。膣路がくわぁ〜と拡大していく。

「あぁあああああああああ」

棹の全長を押し込んだ。土手にくっつけて止める。しばらくその状態でいることにした。

英恵が、太腿の裏側を筋張らせ、後頭部を反らした。快感に浸っている表情だ。膣層をヒクヒクさせながら言う。

「あぁああ、凄くいいわ。何よりも淳子の男を寝取った気分って最高。ねぇ父のようにあなたのパトロンになるわ」

膣全体で棹をぎゅっと締め付けてくる。

「えっ？」

少し上下に動かした。くちゅくちゅと卑音がする。

「あんっ。ちょっと動かさないで、ちゃんと聞きなさいよ」

夏彦は上下運動を止めた。

「私ね。父が淳子にしたことを、あなたにしたいの。あのね私、淳子にはない権力があるのよ」

「いや、あの」

夏彦は答えに窮した。それよりも早く摩擦がしたくなってきた。

「淳子なんか裏切っちゃいなさいよ。あなたに、他に好きな女が出来たときは邪魔はしないわ。でも淳子とは別れてよ」

英恵が執拗に迫ってきた。

「淳子と、セフレって言うのなら、いいですか？」

取引《ディール》は、小出しにした。

「それはだめっ。フェラチオまで。あなたが指を入れるのもＯＫ」

英恵も実業家だった。食い下がる。まぁ、元はゼロの事柄で取引をしているのだ。落としどころはここだろう。

おそらく淳子はすべてを見通しているはずだ。

「承知しました。淳子とは別れます」

「やったわっ。積年の恨み、これで晴らしたわ」

英恵が抱きついてきた。

夏彦は腰を跳ね上げた。英恵の足首を押さえたまま、ドロドロに溶けた秘孔に、ずちゅずちゅずちゅと肉杭を打ち込んでいく。

「うわぁあああ。こんなの初めて」

興奮しすぎてしまっているので、射精をコントロールする余裕などなかった。すぐに亀頭が割れて、大噴火を起こしそうな気配になった。構いはしない。まずは一回出してまたやればいい。

今後も続く仲になったと思った瞬間、男は楽な気持ちでセックスをすることが出来る。がむしゃらに尻を振って穿《うが》った。一分と持たずに、英恵の膣壺の中で、大淫爆を起こした。

「こんなに早く出してしまったのは、僕初めてです」

「ほんとに？」

英恵は目を細めたが嬉しそうだ。夏彦は差し込んだまま、体力の回復を待ち、二度目のトライに挑んだ。

＊

「結局、三発ヌイたたな」

夏彦は、独りごちながら、鎌倉山のなだらかな坂道を、江ノ電七里ヶ浜駅へと降りた。黄昏《たそがれ》の風が吹いてくる。

淫らな汗が、爽やかな汗へと変わっている。

棚から牡丹餅《ぼたもち》であったのか、それともこれも自分の持つスケベ力の賜物《たまもの》であったのか。とにかく、夏彦は実業界の強力な後ろ盾を得ることが出来た。

そしてなによりも彼女……小島奈緒子に対して、これ以上誹謗中傷が及ばない手立てが出来たことが嬉しい。

「!?!」

夏彦はふと思った。

こんなに他人のことを考えたのは、初めてだ。

仕事に関して夢中だった。出世を求めるのがサラリーマンの最大の目標であるとも思っていた。したがって、これまでの努力はすべて自分のためだった。

はじめて、他人のために努力した。小島奈緒子のためにだ。

俺はやっぱり彼女に恋している。

とは言え、彼女は花吹雪化粧品の御曹司の婚約者。

「She belongs to him」

思わず、父の好きな矢沢永吉のナンバーを口ずさみながら、坂を降りた。

と、そのとき、スマホが震える。見ると、由比ヶ浜にいる鈴木からだ。

「いま、花吹雪パーラーの四条さんがやって来たんだが、奈緒子さんが突然、長期休暇を願い出て、寮を引きあげてしまったようだ。花吹雪もうちと同様、帳簿上を点検した結果どこにも不正はないとして、彼女に関しては、まったく不問にしているのだが、本人は相当ショックを受けているそうだ。四条さんが、おまえに連絡がいってないか、確認に来たのだが、夏彦、おまえ、何か聞いているか？」

「いや、葉山のレストランで、先輩たちに引き裂かれてから音沙汰なしですよ。せっかく先輩たちが良かれと思って、僕に本当の事情を教えてくれたんですから、それ以上追いかけるのは、往生際が悪い気がして綺麗さっぱり忘れることにしましたから。御曹司に見初められたなら、そのほうが奈緒子さんは幸せですよ」

夏彦は掠《かす》れた声で言った。

詮《せん》なきことである。

武士に見初められた町娘を諦める江戸時代の町人の気分とはこんな感じであったのだろうか。

「とりあえず、おまえのほうから一発電話してみろよ。たぶんおまえの電話にならば反応するんじゃないかって、四条さんも言っている」

「そんな……」

夏彦は唇を噛んだ。

「悪いな。お前の心情は察するよ。だが、このまま彼女が退職でもしてしまったら、花吹雪としては由々《ゆゆ》しき問題になるそうだ。一肌脱いでやってくれ。北急と花吹雪の関係は良好にしておくべきだ」

「えーっ。先輩、ちょっと虫が良すぎませんか。俺、かなりまいっているんですけど」

「すまんな。忘れたいところだろうが、メールぐらいならいいだろう」

どこまでも仕事に結びつける先輩だ。しょうがないのでメールした。やはり直接声をかける気にはなれない。

【夏彦です。長期休暇を取ったそうだけど、どうした？　偽ニュースなんて気にするなよ】

驚いたことに奈緒子からすぐに返信があった。

【偽ニュースのことはまったく気にしていません。それよりも、私、夏彦さんに隠し事をしていたんです。これは、いろいろ会社の事情もあることなので、まだお話しできません。少しひとりになって考えます。気持ちの整理がついたら、プライベートで湘南に行きたいと思っています。その時、会えたら。でも会わないほうがいいかもしれませんね。夏彦さんにも素敵な女友達がいたんですね】

揺れた文面だった。婚約のことはもう知っていると書きたかったが、それもまたルール違反のような気がした。夏彦はただ【了解】とだけ、返信した。

第六章　夏の終わりのハーモニー

1

「優斗さん。お酒強いですね」

西川亜希は、カウンターの丸椅子をクルリと回転させて、竹宮優斗の肩越しに甘えた声を出した。花吹雪化粧品の創業家の御曹司にして、代表取締役専務。十年後にはおそらく社長を引き継ぐはずだ。

「いやいや、僕は弱いんですよ。もうへべれけだ」

おっとりした口調で言う。

確かに顔はもう真っ赤だ。

日比谷の老舗ホテルのバー。亜希はどうにかここまで、竹宮を連れ込むことに成功していた。

経済界の合同暑気払い懇親会がこのホテルの宴会場で行われていた。八月の旧盆休みに入る前の恒例行事である。

正月の賀詞交換会のよりもカジュアルな雰囲気で、集《つど》う経営者もトップよりも副社長や専務といったナンバー2クラスが多いのも特徴のひとつだった。

長老のオーナー経営者などは、真夏に弱いからだとも言われるが、次代を担う「ポスト社長」の連中が、虎視眈々と連携を図る会合とも言える。

北急食品の金岡賢吾も、その虎視眈々組のひとりとして、ここ数年つづけて出席していた。

亜希はこの日を狙っていた。約十日かけて、竹宮優斗に関する情報を掻き集めた。いまや夏彦を通じて盟友となった黒木淳子も、その情報収集には最大限の協力をしてくれた。

持つべきものは「棹姉妹《さおしまい》」だ。

『亜希ちゃんが一世一代の大勝負を賭けるなら、私も協力を惜しまない。その代わり成功したら、きっぱり夏彦とは手を切るのよ』

淳子に真剣なまなざしで言われた。

もちろん亜希は覚悟を決めた。

今夜の懇親会のために、服装も髪型も改めた。竹宮優斗の好む清楚で知性的な女性を装うために、上質だが地味な黒のスカートスーツを着込み、化粧はナチュラルに変え、ヘアスタイルはハーフアップからポニーテールにした。朝一番で会ったときに専務が気遣ったほどだ。

そして、今夜の大勝負のために、棹姉《さおあね》の淳子が様々な工作をしておいてくれた。各企業の重役とその秘書たちが、一致団結して亜希に協力してくれたのだ。本当に淳子のコネの強さには恐れ入る。

知らぬは、むしろ自分の担当である金岡と当の竹宮優斗だけだったのではないかと言うほどのフル動員だった。

凄いやり方だった。

まず、酒に弱い優斗に対して、パーティ会場で、顔見知りの財界の先輩経営者たちがやたら酒を勧める。優斗が断れないような相手ばかりが攻め入ってくれた。

潰れないぎりぎりのところで、各女性秘書がグラスに入った水を渡し、酩酊状態をチェックする。

優斗の秘書にはやたら電話が入った。国会議員の秘書やら、花吹雪の大得意先やら、秘書がきちんと応対せねばならない相手ばかりだったので、そのつど会場の外へと消えていく。これも淳子の仕掛けだ。

優斗の酩酊がピークに達したところで、亜希は近づいた。花吹雪化粧品とは密接な関係にある百貨店とストアのそれぞれ副社長秘書が引き合わせてくれた。このふたりの秘書は、日ごろは地味目のメイクなのだが、今夜ばかりは、亜希を清楚に見せるためにド派手なメイクを施していた。そういえば各社の秘書たちも濃い目にしてある。懇親会会場にいる秘書がみんな銀座の高級ホステスに見えてくる始末だ。

そんな中で、葬儀ディレクター張りに地味を装う亜希はむしろ目を引いた。地味を装っていても、亜希には生来の華が備わっている。

地味＋華が妙に溶け合って、清楚という雰囲気が生まれた。

果たして、優斗の双眸が輝いた。

ここで、松菱物産の副社長が動いてくれた。

「竹宮さん、二階のバーで、少し商売について意見交換でもしないかね。御社の保湿クリームね、カナダやロシアでもっと売る方法があると思うんだ。三十分後にどうかね」

たぶん中味は適当だ。

「もちろんです」

優斗がふらふら揺れながら答えた。副社長が去るとその秘書がすぐに近づいてきた。

「四十五分ぐらいたったら行かせます。そこまでに勝負してくださいね」

台本通りにみんなが動いてくれている。秘書仲間の絆《きずな》は意外に太い。松菱の副社長は約束より十五分ばかり遅れてくるが『すまん、すまん、家内の具合が急に悪くなった』と言って去ることになっている。猿芝居だ。

「早めに下に行って、酔いを醒ましておこう」

という優斗を追って亜希はバーに降りてきた。金岡の世話は他の北急の秘書がサポートしてくれている。北急エージェンシーのエロ系秘書だから金岡も上機嫌だ。

バーでは徐々に酒の醒めてくる優斗に、なんやかんやと理由をつけて、口当たりの良い高級ブランデーの水割りを勧めた。口当たりはいいが、じわじわと酔う。

まるで大学のイベントサークルで酒に弱い女子大生を、ジュースにウォッカを混ぜて潰すような戦法だ。

亜希はかいがいしく動いた。背広の上着を脱がせ、わざわざハンガーに吊るしに行き、カウンターに水滴が落ちるとすぐに拭いた。

「西川さんて、素敵ですね」

「あら、本当に酔ったようですね」

はにかんだように、視線を落として笑った。葉山のレストランで見た時の小島奈緒子の仕草をすべて真似たのだ。

「そうかも知れないな。このところちょっと悩みが多くて」

「花吹雪ほどの会社を牽引していくのは大変なことだと思います。すみません、経営のことなど知らないくせによけいなことを」

亜希はますます身を縮めて見せた。

「いや、社業はおかげさまで順調なんだ。プライベートがね」

優斗がポツリという。おそらく小島奈緒子とのことは、まだ進捗《しんちょく》していない。亜希は、ここが人生最大の勝負どころだと感じた。

運命は神の手で切り開かれるものではなく、自らの手によって開くものだ。女が勝負をかけるときにすべきことはひとつ。

「プライベートな悩みというのは、どんな方でも抱えているんですね」

と、さも自分とは縁遠い世界のような顔をして、丸椅子の上で身体を捻った。尻が椅子の上で滑り出す。

自分の意思が半分、わざとらしく見えないように神の手も加わってくれたようだ。

「あっ、いやーん」

亜希の尻が丸椅子から大きく外れた。

すっと尻から落下する。この際、打撲ぐらいは覚悟だ。落下しながら「M字開脚、M字開脚」と念じた。脳から太腿に必死にそう伝達する。

「あぁあああ」

念ずれば願いは叶うものである。

「西川さん！」

みずからも腰を浮かし、手を伸ばした優斗の目がテンになっている。視線はある一点に注がれているのだ。

亜希は、これ以上にないという自然なM字開脚を見せていた。

黒のスカートスーツにナチュラルカラーのパンスト。その奥にノーマルカットの白いナイロンパンティをつけている。

それを盛大に拡げて見せているのだ。

たぶんパンストのセンターシームがきっちり肉丘を左右に振り分けているはずだ。食い込み具合でわかる。

自宅の姿見《すがたみ》の前で、うまく見せられるように、三十回以上練習を重ねてきたのだ。

その甲斐あって、本番は鮮やかに決まったようだ。

そして、これまた何度も練習をしてきたセリフを吐いた。

「見ないでください。でも立てません……」

眉間にしわを寄せ、切なげに訴える。

「あぁあ、すまない」

優斗が視線を外して、手だけを伸ばしてきた。手を繋ぐ。引っ張り上げようとする優斗に対して、亜希も自分のほうへと引いた。

「私、重いんです」

「わっ」

優斗のほうが、亜希の上に覆いかぶさってきた。晒を巻いて隠している巨乳の上に、優斗の額が当たる。

「あぁああっ」

亜希は仰向けに倒れた。

ちょうどそのタイミングだった。松菱物産の副社長がバーにやって来た。

「竹宮さん、これは、これは、どうも……いや、私のほうも、ちょいと家内の具合が悪くなったようなので、今夜は都合が悪くなった。いや、誘っておいて申し訳ない。

カナダ戦略については、また改めて」

副社長はクルリと踵を返した。

「いや、違うんです。あの、副社長」

優斗は立ち上がろうと必死になっていたが、ブランデーのボディブローが充分聞いていた。足がもつれて動けない。

松菱物産の女性秘書がバーの入り口からVサインをくれた。借りが出来てしまったが、次は自分が協力すればいい。日本橋、丸の内、銀座ＯＬの結束は固い。

「竹宮さん、飲んで、私の下着を忘れてください。お願いです。完全に記憶をなくしてください。私にはすでに婚約者がいるんです」

嘘じゃない。オナニーを見られて、そのままセックスして、さらにそれを専務に見られた婚約者がいる。

だが、あれがヒントになっていた。

カウンターに座り直した後は、どんどん飲ませた。

「いや、ちゃんとは見てないから」

「でも私のバストの感触も知りましたよね……ドキドキしてしまいました」

亜希は自分も飲んだ。ここからはエロの本領を発揮したほうがいい。

「いや、よく覚えていない。そうか西川さんは婚約者がいるのか……実は僕もね」

「それはいいから、飲んでください。今、大事なのは、私の下着を見たことと、バストにヘッドスライディングした感触の記憶を消すことです」

バーテンダーにブランデーをボトルごとカウンターに置かせた。二十分で、優斗はカウンターに突っ伏して、いびきをかき始めた。

2

日比谷の老舗ホテルから赤坂のセントラル北急ホテルへと竹宮優斗を連れ込んだ。

当然、協力者がいた。鈴木と淳子だ。婚約者の夏彦には内緒で、三人で計画したことだった。

それが、夏彦にとっても自分にとってもハッピーなことになるのだから、よいのではないか。ウインウインだ。

「んんんん」

午前零時、国会議事堂が見下ろせるダブルベッドの上で、亜希は、大の字に寝ている優斗の陰茎を舐めていた。

深い眠りの中にあっても、やはり刺激すると肉茎は硬直した。亀頭の色は美しい桃色だった。使い込まれていないことが、一目瞭然だ。

理想のちんちん。

亜希は自分はさんざん男性経験を積んだが、最終的に一緒になる男は初心《うぶ》がいいと思っている。昭和の男の気持ちが、そのまま令和の女の気持ちだと、考えてくれればいい。

「愛《いと》おしいわ」

キノコのような笠張りの裏側を舐めた。ビクンビクンと根元から揺れてくれる。メトロノームのようだ。

舐めながら、寝顔を見つめた。屈託のない顔だ。育ちのよさが寝顔にも出ている。

(だめだめ、こんなお人よしな感じの男には、私のような多少性悪《しょうわる》な女が、ついていないと)

すっくり、と男根がそそり立った。初心なピンク色だが、太さ、長さは申し分なかった。

亜希はすでに真っ裸になっていた。まだポニーテールのままだ。

巨大なヒップとバストが夜のガラス窓に映っている。股間の部分がちょうど国会議事堂の尖塔の部分に重なり合って映って見えているので、なんだか日本を征服したような気分になった。

大の字のまま、ちんちんをそそり立たせている優斗の真上に、そっと跨った。目が覚めた時には、快感の渦に巻き込まれているようにしてあげたい。

亀頭の根元を握りしめ、ゆっくりと尻を落とした。

窓に映るバストとヒップの巨大さを見て自分でも呆れた。自分の裸はどうみても卑猥だ。

「んんんんっ」

男の尖端を亀裂の中にある膣孔にあてがい、少しずつ尻を降ろした。花びらが肉棹に巻き付いていく。

「あぁぁ」

膣孔が徐々に広がるのと連動して、口が開く。乾いた上下の唇に舌先を這わせて舐めた。股の中央の口と同じように濡らしたい。

「うぅううう」

一気に、優斗の肉棹の全長を埋め込んだ。子宮にかちんこちんの尖りがあたる。極上の快感が総身の四方八方にほとばしる。

すぐに上下運動はせず、棍棒を咥え込んだままの亀裂を優斗の股間に擦り込むように動かした。肉芽がよじれて、一気に脳が痺れる。

「はっ、はんっ、くぅう」

騎乗位のまま背筋を伸ばしていることに耐えられなくなり、優斗の顔を抱え込むように、前に倒れた。ごく自然に淫筒が絞り込まれ肉茎を擦った。

「ふはっ」

胸の谷間に、顔を挟まれていた優斗の鼻息が荒くなった。

お願い、もう少し夢の中でいて。

まずは自分が楽しみたかった。

亜希はその巨大なヒップを跳ね上げては下ろす。身体の中心からズンズンと快美感が湧き上がってくる。

あぁあ、いいっ。

双臀の中央に棍棒が出没する様子が目に浮かぶ。くちゅくちゅと棹を包み込む肉壺を窄めながら、リズムに変化をつけながら擦り立てた。

自然に乳首がしこってきた。

舐めてもらいたいが、今はまだ起こせない。亜希はそっと自分の指で、乳豆を摘まんだ。どきゅん。ピストルで撃たれたような衝撃が走る。同時に膣壺がきゅるると締まった。これいいっ。膣壺をリラックスさせて、左右の乳首を交互に摘まんでみた。くはっ、ばきゅんっ、どきゃんっ、ふぎゃ。

ひとりでのたうち回った。そのつど淫壺はぎゅうぎゅうと締まる。

「はふっ」

優斗の肩が揺れた。

ここらが次の段階への移行のしどき、だ。

亜希は、優斗を抱きしめた。そのまま渾身の力を込めて、一八〇度回転する。身体を繋げたまま、ベッドの上で相撲のうっちゃりをやったようなものだ。いかに細身の優斗が相手とは言え、汗だくになった。それと膣壺もよじれる思いだった。

「ふぅ～」

これでふたりは正常位になった。亜希はそのまま正常位の下から腰を上げて、律動をした。

ちんちんが気持ちよく擦れる。

「おいおいっ。なんてこった」

さすがに優斗が目を開いた。

「竹宮さん、私たち繋がってしまっています」

亜希は、優斗の尻に両足を組んで絡めながら、膣筒を上下させた。

すると優斗が思いがけない言葉をかけてきた。

「西川さん、けなげすぎる。やることが可愛すぎるよ。それに北急のおふたりも凄い。なんでまた、これほどのことを」

優斗が笑いながら肉茎を出没させた。

「えっ？　あの、その……」

亜希はしらを切ったが、どうやら企みはバレていたらしい。だが、どこからバレていた？　あっ、優斗がスパーン、スパーンと打ち込んできた。案外力強い。わわわっ。情報よりもタフだ。

「M字開脚で、やられちまった。あそこまでは全然気づかなかった。あれでビビときてしまった。だが、いろいろ逡巡することがあったので、考え込んでいたら居眠りをしたのは確かだよ。そこからまぁ、お仲間が出てきて、いったい俺は何をされるんだろうと思ったよ」

「好きなんですっ。女二十六歳、すべてを賭けましたっ」

亜希は、人生最大の膣力を振り絞った。

「んがっ、出る！　そんな締め方をされると、もう出る」

「出してください。私、ここまで頑張ったんです。結論、出してくださいっ」

「わかった、わかった。だがいろいろ手順があるから、少し待ってくれ。一緒になれる方向で考える。それまでは内緒だ」

「待ちます。でも、ここは今すぐ出してください」

膣壺を締めた。

「んんんんんんんっ、うはっ」

優斗が爆ぜた。お茶目な顔して、亜希の双乳の上に倒れ込んできた。ドバドバと流れてくる精汁を受け止めながら亜希は訊いた。

「でも、本当はこんな積極的で、エロい女は苦手なんですよね」

人生、無理を重ねすぎると破綻する。

「亜希はエロいけれど、一直線だよ。俺と付き合うために、これほどの努力を払う女が他にいるとは思えない。だけど、亜希にも婚約者がいたんじゃなかったけ？」

亜希と呼び捨てにされて、嬉しかった。

「だから、私もちょっと待って欲しいの。ちゃんと調整するから」

ここからは、夏彦の動きにもよる。ただし、このことは教えてあげない。彼も彼なりに自分で勝負をすることだ。鈴木や淳子にも口止めすることにした。

ここ数日が、このドラマの山場みたい。

頑張れ、夏彦。今度は私のために。

亜希は、なんとなく往年の月曜九時の恋愛ドラマを見ているようで、わくわくしてきた。

3

旧盆が開けた。八月二十日だ。

まだまだ猛暑は続くが、由比ヶ浜の人出は、盆休暇と呼ばれる週を境に、徐々に減り始めていた。勤め人はもとより、学生たちもそろそろ夏のバケーション気分から都会に回帰しつつあった。

何ごとにもピークというものがあり、それを過ぎると、下降線をたどり始める。夏の浜辺はそれを敏感に表していた。

あれだけウォッカやテキーラで騒いでいた若者たちも、その数を減らしていた。

「サウス麦酒の大里と花吹雪レディのひとり山川晴香の共謀によるものだったよ」

鈴木がサンタモニカのオープンテラスのテーブルの上で、調査報告書を放り投げながら言った。

「画像解析だけではなく、セキュリティ会社の海外ネットワークを通じてカリブ諸島のサーバー管理者から情報を取った。山川晴香のスマホが発信元だった」

「やはりそうでしたか」

鎌倉山の御堂英恵からもすでに揺さぶりをかけていたので、大里はすでに海の家から姿を消していた。大里と晴香は今後何らかの処罰を受けることになるだろう。

「山川晴香は、いけしゃぁしゃぁと、まだアイスクリームを売っているよ。俺がナンパして、ぎゃふんと言わせてやる」

鈴木がテキーラをショットでくいっと呷った。

カリフォルニアワインのモニカはすでに完売していた。

いま飲んでいるのは秋山酒造が新たに輸入を開始したハバナ産テキーラ『欲望《デザイア》』だ。

秋山の爺さんはさすがに機を見るに敏である。

夏の北急食品の押し物はこれからテキーラ『欲望』になる。

「制裁という大義名分のあるナンパっていいですね」

夏彦は答えた。このところの自分には、ナンパする気力もない。ぼんやりしていると、なんとなく奈緒子のことを思ってしまう。忘れようとすればするほど、あの笑顔が鮮明に思い出される。

ふと鈴木が花吹雪パーラーのほうを眺めながら言った。

「俺はさ、あくまでもビジネス上の立場から、おまえと奈緒子ちゃんの関係が深まるのを引き裂いたが、彼女が休暇届を出したとはいえ、行方をくらませているというのは気になるな。おまえ、もう少し真剣に探してみたらどうなんだよ、嫌がらせの実態もはっきりしたことだしさ」

よく言うよ、と思った。一度纏《もつ》れた男女の感情というのは、そうそう簡単にほぐれるものではない。

「偽ニュースのことやエロイメージ画像のことなんて、彼女は気にしていませんよ。御曹司との婚約が進んでいるですよ。それは僕が考えることではないでしょう」

そう言った瞬間、どういうわけか鈴木が顔を顰めた。

「そのことだけどな、石田さ……いや、やっぱいいさ」

「なんですか？　先輩、なんか言い淀んでいませんか。気になります」

「……そうじゃなくて、なんかこう、見ていて歯がゆくてな。俺たちが引き裂いておいてなんなんだが、どうだろう、ぶっちゃけ、亜希とのことは偽装なんだから、そこは正直に白状したらどうだよ」

「先輩、それいまさら言いますかね？」

夏彦は、口を尖らせた。

「いや、いやいやいやいや、すまない」

鈴木が、顔の前で手を振った。

「なぁ、俺がイベント仕掛けてやる。サンタモニカと花吹雪パーラーとサウス麦酒の合同ディスコパーティだ。ビーチで踊りまくるのさ。それに奈緒子ちゃんを誘えばいい」

「そんなこと出来るんですか？」

「出来るさ。たった一週間でこの海の家を作ったんだぜ。ビーチに巨大スピーカーを置くぐらいわけない」

「チケットとかは？」

「おまえ古いね。いまはマネタイズの時代。ただでイベントを起こして、集まった客に品物を売る時代さ。三社の商品が売れて、これが北急の仕掛ける夏の風物詩になればいい」

「先輩、北急エージェンシーへの出向を希望しているんですか？」

どう考えてもこれは広告代理店の発想だ。

「最近、エージェンシーの秘書課の連中と合コンしている。面白い女たちがたくさんいる」

「そのイベントに奈緒子を誘ってみます」

「ＯＫ。ならさっそく花吹雪と話をつけてくる」

4

一週間後の日曜日。

そのイベント『北急由比ヶ浜バケーション』は突如開催されることになった。まるで事前にそのことが決まっていたのではないかと思うほど素早い展開だった。

だが、よく考えれば、許可さえ取れれば簡単なことだった。もともと客は存在してるのだ。

そこにスピーカーシステムを配備するだけでいい。

日没で終了するということで、許可が下りた。近隣への配慮、安全性を考慮して、時間ではなく日没で終了となった。

そのせいか、朝からビーチは熱狂に包まれていた。

日頃は寝そべる砂浜が、巨大なダンスエリアへと変貌したのだ。テキーラが飛ぶように売れている。テキーラボトルにプラスチックのロンググラスを付けた。

それを飲んでいる客たちに、サウス麦酒のビアガールたちが金生ビールを注ぎ込むのだ。

ビーチにセットされた大スピーカー二十基から爆音が鳴り響く。アッパー系のユーロとレゲエを交互に鳴らしている。

「みんな酔っぱらっちまおうぜぃ」

DJが煽《あお》る。

これで酔わなかったら、おかしすぎる。

花吹雪レディたちも、海辺を練り歩きながら、酔い醒まし用のアイスを売りまくっていた。これも飛ぶように売れている。

この夏のラストショーだ。

夏彦はテニスで審判が座るような背の高い椅子の上に座り、双眼鏡を覗いた。砂浜で、一粒のダイヤモンドを探すのに等しい行為だとわかっていた。

ほんの少しでも奈緒子に似た女性を見かけると息が詰まった。

そしてこの上にずっと座っていれば、奈緒子の方から声をかけてくれるのではないかと淡い期待を持った。

時は非情に過ぎていく。午後三時をピークに、陽はどんどん江ノ島のほうへと傾き出した。

海パン一枚で座っていた夏彦の全身が日焼けで赤く火照《ほて》っていた。さすがに八時間近く太陽の下にいたので。日焼け止めクリームをいくら塗っても、無駄な抵抗だった。テキーラで酔った男女がもつれ合いながら浜辺から駐車場へと移動していく。そっちでやるようだ。

午後六時。いよいよ太陽は江ノ島の向こう側に溶け出した。さすがに踊り疲れたのか、客たちも座って海を眺め始めた。酒よりもアイスクリームが人気を増している。気配を感じたＤＪが、スローバラードとヒップホップのミクスチャーをかけ始めた。なかなかよい演出だ。

サンセットの光景が映画のワンシーンのように見えてくる。

そんな時間だった。踊りを止めた客たちが座る向こう側、波打ち際にアロハを着た女性が見えた。花吹雪レディの制服アロハだ。だが仕事中の花吹雪レディではない。ショートパンツを穿いていない。

アロハの裾から素足が伸びている。水着の上からアロハを着ているということだ。似ている。

夏彦はすぐに双眼鏡を覗いた。倍率をどんどん上げていく。レンズが彼女の横顔を捉えた。

「奈緒子……」

間違いない。小島奈緒子だ。

そう確信した瞬間、奈緒子がレンズのほうを向いて、ほほ笑んだ。軽く手を上げている。

双眼鏡をすぐに砂浜に投げ捨てて、夏彦は高椅子から飛び降りた。

ここは、バックグラウンドミュージックにサザンかユーミンが欲しいところだが、時代が違った。ミクスチャー系のリズムに煽られながら、客の中を縫うようにして、波打ち際にたどり着いた。

「奈緒子」

顔をくしゃくしゃにして、その名を呼んだ。泣きそうだった。いい具合に波しぶきに顔をなぶられた。涙を悟られなくて済む。

「俺、彼女とかいないし、もし婚約者の噂とかあってもそれは訳あっての偽装だから」

「ほんとなの？」

「ここで嘘はつかない。太陽に誓って本当だ」

「もう日が沈むけど？」

「じゃぁ、月と星に誓って本当だ。奈緒子に改めて交際を申し込みたい」

アメリカ人が国歌を歌うような姿勢で、胸に手を当てていった。

「それ、受けます」

奈緒子が頷いた。アロハの胸ポケットからスマホを取り出し、タップしている。

そのまま耳に当てる。誰かが出たようだった。

「私、やっぱり竹宮家には入れません。ごめんなさい。花吹雪も正式に退職したいと思います。えぇ、はい。えぇ、この電話をもって、お断りさせていただくということで――」

花吹雪化粧品の御曹司への電話のようだ。

「これが私の夏彦への正式な返事です」

電話を切ると、奈緒子は夏彦のほうに向き直り、きっぱりと言った。

「おい、相手は御曹司だろう。いいのかよ」

「うん。考え抜いた結果だから。なんか知らないけれど、竹宮専務もあっさりしていたわ。私の考え過ぎだったのかも」

奈緒子がアロハのボタンを外した。上から順に外していく。

「このアロハともお別れだわ」

花吹雪柄のアロハを、奈緒子はぱっと脱ぎ捨てた。

息も詰まりそうな、鮮やかな白のビキニが現れる。大胆過ぎないノーマルビキニだが、奈緒子のモデル張りのスタイルにぴちっとマッチしていた。

トランクス型の海パンの前が一気に膨張する。

「うわっ、かっこ悪いっ」

前を押さえて海の中に駆け込んだ。涙も勃起も海が隠してくれる。奈緒子も駆けてきた。

夕日が水平線に溶け始めた。海面を反射する夕日の光が一直線にふたりに伸びてきた。

一度、ザブンと潜る。海中に奈緒子の脚が見えた。ビキニがぴっちり食い込んで見えた。奈緒子も潜ってきた。顔を近づけ唇をつける。お互い、尻だけ海面に出した格好になった。海中キス。口が開けられないのが、もどかしい。

「ふ〜っ」

海面にほとんど同時に顔を出す。

奈緒子の顔には、濡れた髪が張り付いたままだ。夏彦はもう一度抱き寄せキスをした。今度は舌を絡ませる。

「んんんんっ」

奈緒子も絡ませてきた。セックスをしている男女の身体のように舌と舌が絡まり合った。

勃起はさらにきつくなった。海パンを突き破ってしまいそうだ。そのでっぱりを奈緒子の太腿に擦りつける。

奈緒子の太腿は拒否しなかった。

夏彦は舌を絡め合ったまま、モゾモゾと海パンの上縁《うわべり》を引き下ろし、勃起を直接露出させた。冷たいけれど、気持ちがよかった。もちろんパンパンに硬直している。

直接、亀頭を擦り付けると、さすがに奈緒子は眉間に皺《しわ》を寄せた。

「勃起が収まらないと、海から上がれない」

事実を告げた。そっと彼女の手が伸びてくる。

「いいのかよ？」

「うん、もう彼氏だからしょうがないわよ。男の人って出さないと萎まないんでしょう。永遠に私たち海の中にいるわけにはいかないわ」

「おぉおおおっ」

ぎこちない手で亀頭を擦ってくれた。海中摩擦、いいっ。凄く、いいっ。

「俺も触りたい……」

まだそこには触れていなかった。

「えっ、ここで？」

「誰にも見えない」

「私、やっぱり考え直そうかな」

奈緒子が擦る手を止めた。

「ごめんごめん、俺、調子こいた」

「嘘、ちょっとだけならいい。でもビキニは外さないでね」

「まじっ」

亀頭がビクンビクンと揺れる。奈緒子が顔を近づけてきた。ふたたび唇を重ね、舌を求め合う。

海中でさわさわと肉棹を擦られながら、夏彦も奈緒子の股の間に手を伸ばした。ビキニパンティのクロッチに指を入れる。ぬるっとした。

「あぁ」

奈緒子の舌の動きが止まった。指が花びらを感知する。

俺、触っている。奈緒子の大事なところに指を這わせている。そう思った瞬間に、ぷわっと先っちょから汁を飛ばした。

すーっと、海面に白い液が浮かんできた。湘南の海をこんな風に汚してはならないと思いながらも、一度始まった噴火は止まらない。奈緒子の握力はそれほど強いものではなかったけれど、彼女に擦られていると思うとただそれだけで、男のエキスがとめどなくこみ上げてきてしまう。

ぷわぷわと白い液が浮かび上がってくる。だがまだ大噴火ではない。

「んんがぁ」

発射しながらも、奈緒子の秘部をもまさぐり続けた。冷たい海水に温かな粘液が、微妙に絡み合っていた。

ぬるっ、ぬるっと指が滑る。

指を鉤型《かぎ》に曲げて、泥濘《ぬかるみ》を探した。指を入れたいっ。強く、強く願った。これほど、差し込みたいと思ったのはたぶん、童貞だった頃以来だ。

その場所がなんとなくわかった。ぬちゅっと差し込んだ。

「ぁあああっ」

奈緒子の太腿が突っ張った。

ふたりとも首から上だけしか出ていないので、他人にはキスしていることしかわからないだろう。

「んがぁ」

ついに夏彦は大爆発を起こした。海中射精は初体験だ。白い液がさぞかしあちこちに飛び散らかっていることだろう。

潜って覗いている奴がいたら、口から泡を吹いて顔を出してくるのではないだろうか。そんなことを思いながら、最後の一滴を出し切るまで、奈緒子の孔をまさぐり続けた。

5

七里ヶ浜のリゾートホテル。

上からサンタモニカのポロシャツを羽織り、水着のままチェックインしていた。

ベッドの上で、奈緒子がビキニを脱いだ。恥ずかしそうにブラカップを外すと乳房を腕で押さえた。

「見たいよ」

夏彦はもう海パンを脱いでいた。フル勃起だ。

「私は目のやり場に困る」

海中で握ってはくれたものの、男の肉杭を正視できるほど、奈緒子は、セックス慣れをしていないようだった。

清々しい。

不思議なもので、自分も照れた。照れ隠しにベッドに飛び乗った。キスをしながら、そっと奈緒子の腕を外した。

プルンと形の良いバストが露《あらわ》になった。おわん型。サクランボ色の乳首が、すっと勃っている。唾液を送りながら、右の乳房を撫でた。丁寧に、丁寧に撫でまわす。もちのようにすべすべとして、弾力のあるバストが宝物のように思えた。

「あぁあ、んん」

奈緒子が微かに喘ぎ出した。感じている。そう思っただけで、早くやりたくてやりたくてしょうがなくなった。

これも童貞だった時以来の感覚だった。

いつの間にか、自分は女慣れし、テクニックを披露することに夢中になっていた節がある。

それを奈緒子は忘れさせてくれるようだ。

彼女に恋をしている。

夏彦は、乳首を吸った。唇を這わせ吸い上げながら、尖端を舌先で突いた。

「あぁあぁぁ」

奈緒子が背中を反らせた。乳首を舐めしゃぶりながら、顔をどんどん下におろしていく。

ヒップはまだビキニパンティが覆っている。

左右の足を割り拡げ、その間に身体を割り込ませた。奈緒子は目をきつく閉じ、左右のバストに両手を被せて隠している、いじらしく思えた。

そんな奈緒子のあそこを早く見てみたい。

彼女を大切に思う気持ちと、毛先から爪先まで絶頂に導きたいと思う気持ちがごちゃごちゃになっている。

ビキニのストリングスに指をかけた。

「見せたことないの……」

奈緒子がぽつりと言った。

「えっ？」

「セックスの経験はあるのよ。だけどそこを男の人の眼前に晒したことはないの」

奈緒子は横を向いている。クンニの経験はないということだ。

「まだ、それをするのは早いかな？」

いきなりクンニして興醒めさせることはない。

「ううん、いいよ。私、電車の中で、うっかり脇のファスナーを開けっぱなしにしていて、夏彦に見られた時から、この人になら、見せてもいいかな、ってどこかで思っていたんだと思う」

「俺は見たくて、見たくてしょうがない」

「そんなこと言われたのも初めて」

「見たいっ」

子供みたいに言って、いっきにビキニを腰骨から引き下げた。太腿の中ほどまで下ろす。

「いやっ、恥ずかしい」

奈緒子が大きなピローの端を捲って顔を隠した。その代わりに股間にある女のもうひとつの顔が現れた。

薄い襞がぴったり張り合わさっており、そこは一直線の筋に見えた。繊毛はいかにも化粧品会社のＯＬらしく美しく刈り込まれている。

夏彦は、そのままパンティを両足首から抜き取り、股を開いた。

「いやっ」

股が開くと同時に肉扉がわずかに開き、透明な液と花びらがうっすらとこぼれ出た。

夏彦の発情メーターが一度に三段階ぐらい上がった。

「俺、もう余裕ないみたい」

「あっ」

大陰唇を割り拡げた。小さいほうの花びらが、ぬらっと開く。桃色だ。

「おぉおおおっ」

無我夢中で顔を埋め、花筋や、突起をベロ舐めした。

「あぁああああっ、こんなの初めて。恥ずかしいけど、なんだか気持ちいい」

磯の香りがしたのは、海から上がったままだからなのか、それとも奈緒子本来の匂いなのか。

かまわず舐めた。

「私も……私も、夏彦のそこ、キスしてあげなきゃ」

目の下を紅く染めた奈緒子が、半身を起こした。

「今度でいいよ。それよりも、なによりも、俺、挿入したい」

涎でべとべとになった口と顎を、粘膜の園から離し、堂々と大砲を持ち上げた。

「わかりました。入れてください」

奈緒子が楕円形の粘膜の面を少し上に向けた。初めて見せる能動的な行為だった。

秘穴の入り口から、ぷくぷくと泡が上がっている。奈緒子も欲情を覚えているのだ。

その泡立つ膣孔の真上に、パンパンに肉を張り詰めさせた亀頭を突き立てた。

「あぁあああ」

奈緒子が目を瞑った。

腰を送る。ずぶっ、と亀頭が沈み込む。海に溶ける太陽だ。ずぶずぶずぶっと根元まで挿し込んだ。

「うぅうううううっ、いいっ」

奈緒子が総身をしならせる。首に筋を浮かべた。

繋がった。奈緒子の膣層に、ぴったりと夏彦の肉槍が埋まった。この上なくフィットしていた。

ずんちゅ、ずんちゅっ、と卑音を轟かせて、擦れ合った。奈緒子の花びらが肉胴に巻き付き、淫層もしっかり亀頭を抱きしめてくれた。

「いつまでもこうして擦っていたい」

「私も、いっぱい、いっぱい、やって欲しい」

そう言った瞬間、奈緒子は、いやっと言って、手で口を塞ぎ、必死に喘ぎ声を抑えた。本当にいじらしい。

背中に手を回されると、焼けた肌がちょっと痛かったが、そのまま汗みどろになりながら夏彦は腰を振り続けた。

湘南の夏は終わっていくが、ふたりの灼熱の時間はこれからだった。

（了）

＊本作品はフィクションです。作品内に登場する人名、
地名、団体名等は実在のものとは関係ありません。

長編小説

彼女《かのじょ》がビキニを脱《ぬ》いだなら

沢里裕二《さわさとゆうじ》

2019年7月23日　初版第一刷発行

ブックデザイン……………………… 橋元浩明(sowhat.Inc.)

発行人……………………………………… 後藤明信
発行所……………………………………… 株式会社竹書房
〒102-0072　東京都千代田区飯田橋2－7－3
電話　03-3264-1576（代表）
03-3234-6301（編集）
http://www.takeshobo.co.jp
印刷・製本………………………… 凸版印刷株式会社

■本書の無断複写・複製・転載を禁じます。
■定価はカバーに表示してあります。
■落丁・乱丁の場合は当社までお問い合わせ下さい。

ISBN978-4-8019-1946-4　C0193
©Yuji Sawasato 2019　Printed in Japan